봄날의 시집

봄날의 시집

스미기에 좋지

김복희 지음

봄날의책

일러두기

한 편의 시가 다음 면으로 이어질 때 연이 나뉘면 여섯 번째 행에서,
연이 나뉘지 않으면 첫 번째 행에서 시작한다.

시인의 말

인간 뒤에 숨지 말 것

2022년 가을

김복희

차례

2부

3부

해설

1부

밤의 기계

세상 것들이 서로 두려워하지 않도록
나는 떠올린 모든 것에게 그림자를 만들어주었다

많이 알지 못해
입력하지 않은 것들이 그림자 없이 살 줄은 몰랐다

모두를 위해
밤을 준비했다
그늘을 준비했다
작은 소리들을 달아주었다

꼭 나는 조용한 것들에게
매료된다
내 귀로는 못 듣는 소리들

너희 거기 없지

못 들으면서
있다고는 아는
그림자가 없다는 이유로
정드는

발과 날개

천사를 조각할 때 날개를 만드는 이유는
죄책감을 주기 위해서야,

내가 제대로 들었을까 난 아직 인간의 말만 할 줄 알고
이 친구의 날개를 보느라 늘 주의가 산만하다

새로 사귄 이 친구의 발소리는 이상하게 크다
저체중이면서 꼭 추락하는 사람처럼 걷는다
매번 바닥을 부수는 듯
바닥을 새로 만드는 듯
쿵 쿵

이 친구의 꿈은 대리석 채굴장에 직접 가보는 것
쿵 쿵 걸어가는 것
천사가 될 돌을 보는 것
자기 아닌 것을 보는 것

언젠가 대리석 채굴장에 네가 도착하는 날에,
너의 두 발을 씻기기 위해
머리카락을 기르는 중이라고 어느 날 밤 고백했는데

너는 날개를 뒤척이며 옆으로 누워 나를 바라보았다

날개가 없는 사람은 감당할 수 없다고.
그렇지만 마음만은 고맙다고.

인간의 말이었다

나는 그 말을 믿었다
내 마음이었다

잃기

검은 새가 되는 것, 검은 밤으로 끝없이 빨려들어가는 것
불빛도 온기도 없는 것
바람을 타는 것

어둠이 물었어 너에게,
우리 집에 왜 왔어요?

어둠은 손발이 닿지 않는 큰 상자
날아다니며, 날아다니며, 상자를 넓히면
넓어지는 것은 상자의 안인지 밖인지 나인지
상자를 늘리면 상자 안에 담을 수 있는 물건이 많아지는지
그런 걸 세상이라고 부르는지
나라고 소개하는지

아니 상자의 재질이 중요할 거야
물을 종이에 담을 수 없듯이
흔들려 쏟아진 물은 무엇이건 잘 먹을 거야 쇠도 나무도 바람마저도

그렇다면 너를
유속이 아주 빠른 물이라고 해봐
미친 도로라고
바람을 담으려고 달린다고 해봐
방향을 가졌다고 해봐

그러나 너는 갑자기 서야 해
너는 물이 아니야 너는 상자로서 담을 바람의 양을
정해야 해
그만, 하고 말해야 해

바람이 물을 말리는 것은
물을 안아 나르는 것, 물을 멀리 데려가 잊어버리는 것
여러 날에 걸쳐
아주 아주 세상 느린 바람이 된다는 것
세차게 불지 않는 것

아무도 너를 느끼지 못한다 해도
너는 너를 바람이라고 해
숨이라고 회복이라고
어둠에게,
말해. 어둠이 필요하다고 말해.

너에게 새가 자꾸 날아들게 된다면
새가 자꾸
바람이라고 자신을 담고 가달라고
너를 달라고 한다면

꽃잎의 신

오늘도 꽃줄기를 자르는 소리,
꽃을 가꾸는 이가 세상에 없구나
꽃을 데려오고 꽃을 버리는 이가 오는구나
한밤 웅크리고 저런 말을 소곤거리는데

나는 무슨 말도 듣기 싫어 궁금하지만 듣고 싶지 않아 내가 모르는 곳으로 가주면 안 되겠어? 그런 마음 무서워 내게 찾아와 자다 깨다 하며 조금씩 시들며 공중에서 녹는 마음을, 빛을, 보냈다 싶었는데 또 방문하는 신을 어떻게 하면 좋을까 제발 잘 살아, 나 모르게 잘 살아, 나는 신을 사랑해야 하는데, 신이 내린 꽃을 즐거이 돌보아야 하는데

꽃 중에 건넌방에 놓은 백합이 벌어지기 시작했다
향이 샌다
냄새는 입자라고 한다
꽃은 그러니까
뭔가를 계속 만들어내는 것이다
그토록 먼 나라에서 먼 나라로
기도를 올리는 것이다

신이 나를 선택해, 벌어진 상처를 보여준다 나도 내 낡은 집을 다 보여주고, 내 낡은 수건을 전부 빨아 신이 토

한 것을 치우고 이런 것 저런 것을 다 닦는다 뭐랄까 그러고 있으면 시간의 바깥에서 녹는 듯 나는 꽃잎이 떨어지는 순간을 멈춰놓고 하염없이 볼 수 있는

꽃잎의 신이 되어

그러나 신과 있으면 시간이 더 빨리 흐르기에 나는 집 밖에 나서면 뭐든 신비하고 뭐든 놀라워 매사 감탄하고 매사 즐겁고 웃음이 쉬운 사람이 된다 신의 말은 너무 어렵다 아니 너무 쉽다 너무 쉬워 이해하고 싶지 않다 상상하고 싶다 나는 신이 나를 사랑하는 것을 용서하고 이해하고 숨긴다 신 앞에서 내 의지는 언제나 썩은 꽃줄기

그토록 아름다웠던 것이 이렇게 물렁물렁 썩어서 물을 더럽히나 피 같나 웃는 게 뭐가 어렵나 어렵게, 더 어렵게 생각한다 뒤집어 생각하고 쪼개서 생각하고 전부 잊어버리고 늘 새롭게 신을 마주치고 알아차린다 인간 하나하나를 만드는 데, 자신과 나를 구별하는 데, 신이 괜한 신경을 쓰고 있다는 생각이 든다

거울

밤에 자고 낮에 일어나는 사람이라면 좋을 텐데 밤에 사냥하고 낮에 자는 맹수라면 좋을 텐데 집이 없고 집에 들일 마음이 없다면 무색할 정도로 활짝 핀 다음 고개가 꺾여 버려지는 꽃이라면 그렇다면 좋을 텐데

나는 변치 않는 몸으로 빛을 재우며 시간을 보내고

대놓고 사람을 본다

좋은 사람을 본다 좋은 사람이 보인다 좋은 사람의 마음을 보자

나는 마음이 궁금하여 마음에 대해 이런저런 물음을 가지고 있지만 마음에 대해서 이해하는 것은 금기 중의 금기. 내가 깨질 수도 있다 추측건대 마음은 사고와 다르지 않고 기호와 유사한 경우도 있고 변덕에 대한 핑곗거리에 지나지 않는 경우도 있다 어떻게 보다 보니 모르는 것만 늘어 보이는 것을 본다 귀퉁이부터 조금씩 마음을 반사한다

사람을 구경하고 있으면 여러 번 태어나는 것 같다 그러나 사람은 단 한 번만 사람으로 태어난다 신의 자비다 신은 조금 미쳐 있지만 그래서 사람처럼 보일 때도 있지만

나는 정신을 차린다

그들이 가까이

멀리

걸어 빛 속으로 사라진다 신이 그들을 따라다닌다 미치

지 않고서야 사람을 저렇게 따라다닐 리 없다 나는 그 마
음이 궁금하여 신을 대놓고 본다

사랑

수면을 지치고 가는
기억은 뱀 같은 것일까 꼬리를 보면 따라가게 되고 물리면
죽은 듯이 질문에 붙들리게 된다

기억하는 바가 있어
도달할 수 없는 수면이 깊다

뱀이 자는 동안 겨울이 온다고
뱀이 깨어나면 봄이라고 그러나
계속 잠들어 있는 뱀은 무엇이라 할까 취한 뱀이라 할래 겨울이라 할래 아니 이불을 돌돌 만 슬픔이라고 할래 일어나지 않아도 되니까 천국이라고 하자 그래 그러자 천국엔 무엇이 없을래 뱀을 재우는 천국에 무엇을 없앨래 출근이 없고 퇴근이 없는 깊은 잠에는 나비도 개구리도 자고 자면서 있으니 서로 방해하지 않고 없는 것처럼 평화롭고 들끓는 용암 불티 오르는 밤 한밤도 잠들어 깊이깊이 잠들어 보이지 않는다 잠든 사람들의

심장

느리게 뛰는 천국

차가워? 부드러워? 약해?

그 뱀의 먹이로 살던 새는
천국을 나느라
뱀을 잃게 된다

사랑의 학명은
겨울에 나는 새와 천국의 뱀

요정고기

복숭아 무늬 접시에
모락모락 피어나는 흰 것

어깨를 움츠린 사람들이 접시 주변으로 모여드네
뜨거운 음식은
사람에게 기다림을 가르치지

그런데
나는 생각이란 걸 하기 시작했어
죽어서도 사라지지 못했지

생각을 해서
사라질 수가 없었어

사람들을 앞에 두고
생각을 하니 입김이 나더라
자꾸자꾸 나더라 음식을 다 가릴 만큼 엄청나더라

어이어이, 식지 않은 음식이란
너희들의 혼이거든

내가 생각하면 할수록
사람들이 말이 많더라

김이 펄펄 나는 걸 보니 고기가 많이 뜨거운가 보네
접시가 다 안 보일 정도네 양도 많겠지
따뜻한 걸 먹으면 몸이 따뜻해지지
어이어이, 조금만 식혔다 먹자

접시야 곱구나
입김은 징그럽고
이런 시는 지옥의 뚜껑이구나

열어야 해 말아야 해

나는 사람들 속으로 기어들어가
뼈와 살에 붙겠지
거기서도 생각을 하겠지

교안 만들기

드디어 숫자를 배울 차례다

오곡백과
만복
천년세세

아주 많은 것에 대해서라면
나는 만년을 쉬지 않으리
수 분
일 촌
촌각

아주 적은 것에 대해서라면
나는 한숨
노력할 수 있으리

다섯 밤, 열 밤 자면 끝난다는 것,
다른 아침이 온다는 것,
백일은 생시보다 짧고
하루는 상심보다 길다는 것,

슬픔은 삼인칭이며
기쁨은 무인칭이라는 것,
너와 나 사이에 놓을 우리를

나는 가르친다

일, 이, 삼,
손가락을 펴고
눈은 두 개
코는 하나
입도 하나
정상과 비정상을 가르친다

깨끗하지 못한 것과
깨끗한 것을 고르기 위해 들이는 비용을
죽음을,
죽음을 감싸는 죽음을.

나는 토막토막 난 시간을 모으고 가루로 만들고
너의 죽음을 너에게 가르친다
찬물 위로 번지는
빛은 가루

빛은
입자
손바닥으로 모을수록 허공중에 사라지는
수심
빛

그 빛의 값으로
천금을 드리리까
만금을 드리리까

빛 바른
눈꺼풀의 무게를 드리리까
이런 걸 잠이라고 하나 죽음이라고 하나
거침없이
흘러내려 갈무리되지 않는 것이라면

일생이라고 해야 하나

우리들의 이마 위로 그늘을 내어주던
빛의 손

천수관음

무릎을 꿇고 엎드려 한없이 기다렸다

쏟아지는 손이 무엇을 할지 모르면서도
기다리는 것부터 배우고 또 배우려고

물가로 다 떨어지는 벚꽃 중에

딱 한 잎의

꽃그늘,

반복 없는

숫자,

무간을 지나는

나뭇잎 선물

비,
나뭇잎 흔들리는 것과

바람,
나뭇잎 흔들리는 것은 다르다

어느 날
어느 바람 어느 비도 없는 긴 날
흔들리는 나뭇잎을 만나게 된다면
나는 흔들릴 것이다 생각에 빠져 걸음을 멈출 것이다
짐처럼 나를 전부 내려놓고 잠시

나의 정수리보다 위를 나의 발바닥보다 아래를
가늠하면서 겨누어 보면서 사람들 보라고
떨릴 것이다 말하면서 비유를 해볼 것이다

안개 같은 빗줄기
입김처럼 짧은 바람
내 최초의 친구
최초의 사랑
최초의 저주

어떤 생각에는 바람이 잦고
어떤 생각에는 비가 많다

이 선물에 대해
생각해볼 것이다

아이 생각

너는 그러니까 정말 아이 생각이 영 없는 거냐고,

커피를 마시며, 밥을 한술 뜨며, 동그란 귤을 까며, 조심스러워하며, 지나가는 말처럼, 악의 없는 호기심으로 너에게서, 나는 듣는 것이다.

나는 그러니까 정말 아이 생각이 없는가.

일단 생각을 좀 해볼게.

나는 장난이 조금 치고 싶어서 고통스럽다. 사실 나 아이를…… 하고 얼굴을 두 손으로 가릴 수도 있고, 얼굴을 폭발시키며 네가 뭔데 나에게 그런 말을 하느냐고 의자를 뒤로 자빠뜨리며 일어설 수도 있다. 미소를 전부 지우고 갑자기 왜, 라고 정색할 수도 있다. 하지만 나는 심장이 간질거리도록 장난이 조금 치고 싶어서,

나 아이 있어, 라고 솔직하게 말하고 싶다. 그래놓고 내 아이는 내 옷이고 내 신발이고, 내가 싼 똥이야. 그런 거짓말을 뱉을까 봐 두렵기도 하다. 아이는 세상 무엇보다 소중한 것이고, 미래 산업 자원이고, 아니지 인간은 자원이 아니지, 인간은 인간이지, 그래, 아이는 소중하고 아이는 작은 개처럼 작은 고양이처럼, 작은 물고기처럼 소중하고, 아이는 날벌레처럼 우왕좌왕 제가 무슨 일을 하는지 모르고, 그런 작은 신 같은 아이가 내게도 있어, 라고 장난을 치고 싶은데

장난이 아니다.

그런 장난을 치면, 너와 다시는 만날 수 없을지도 모른다. 장난칠 게 따로 있지. 그런 말로 끝나지 않는. 나는 그런 것은 싫어. 우리 사이에 아이가 생겨서 너를 다시 만날 수 없게 되는 그런 일은 싫고, 그래서 아이를 미워하게 되는 그런 일은 정말로 싫고, 그러니까 장난치고 싶은 내 마음과 아이를 사랑하려는 마음과 우리 아이를 끌어당겨 옆자리에 앉힌 다음, 어디 보자, 달콤하고 부드러운 것들을 내어준다. 술을 조금 타주기도 한다. 너무 많이 우는 아기에게 꿀 탄 위스키를 반 티스푼 먹여 재우듯, 이 공포를 재우는 것이다.

자라,

아이야 자라. 내 아이는 술에 취한 듯 잔다. 내가 먹는 것을 이 아이도 다 먹고, 내가 가는 곳에 이 아이도 다 따라오지만 대개는 잔다. 기차가 이렇게 요란하게 달리고, 화통을 삶아 지축을 뒤흔드는데 아이는 꿈속의 아기처럼 잘도 잔다. 여전히 나는 조금 장난이 치고 싶어서, 괴롭다. 우리 아이가 너를 오늘 따라간다. 조심해라. 일러줄까 싶다가도, 나처럼 장난처럼 옷장에서 튀어나오고, 밥솥에서 튀어나오고, 신발을 죄다 흩어놓고, 아이가 자라면서 자신을 미워하는 이야기가 되는 것, 그것만은 막아야겠지 싶어서 조용히 웃으며 말한다.

없어.

정말 없어.

사실 이름도 지어주지 않았다. 그래서 아이는 뭘 불러도 저를 부르는 줄 알고. 아프면 아프다고 배고프면 배고프다고, 네가 없으면 죽는다는 걸 감추지 못하는 이 아이가 네게로 간다.

귀곡

금을 긋자

금은 선과 다른가
금은 면과 다른가
금은 빛나는가
무거운 상자가 끌린 뒤로 남은 자국인가
나오지 않아 나오지 않게 두는 말처럼
허공에서 내려오는 동아줄처럼
은총처럼
꿈에 나온다는 나처럼
축축한 돌 밑에서 튀어나오는
지네처럼

길을 걷다가 밟힐 것 같아
눈을 감는다
눈을 감고 노래한다 선을 긋는다

이제부터 여기로 들어오라고
들어오고 싶다면 들어오라고

노래를 마친 귀신이
문지방에 가만히 잠들어 있다
건드리지 않고 지나갈 수 있을까

밟은 것 없는 이
선할 것이다
반성할 것 하나 없는 이는 죽어서도 외로울 것이다

노래해도
금이 물러나는 것이다
죽지 않을 것이다

긴 줄 넘기

줄을 넘는 우리의 네 발
그림자로부터 떨어졌다
그림자 위로 떨어진다
신기하지 우리가 양손을 맞잡고
공중을 가르고
그림자를 때리는 소리에 속해
붙잡은 손아귀에 힘을 주며 양발을 뗄 수 있다는 것

우리의 대화는 공중을 후려치는 줄처럼
숨이 차다
가슴이 아프다

서로를 미워하지도 사랑하지도 않는
땅과
그림자와
소리와
우리가
마주치고 마주치고 마주친다

얼굴을 때릴 듯 나는
줄과 함께 뛰다가
줄에 걸리면 끌어안고 뒹구는 것

빨리 일어나 숨을 몰아쉬는 것
다른 친구들의 대화를 지켜주는 것
넘어질 걸 기다리면서

신기하지 얻어맞은 것들이 우리와 논다
노래도 불러준다

양몰이 개

그냥 달렸지 앞에 양들이 있고 뒤에 내가 있고 그냥 달렸어 초원의 향기 부드러운 바람 그런 것 모르고 그런 게 좋은 것인 줄 모르고 좋았겠지만 좋다는 의식 없이 달렸지 귀가 펄럭이고 그대로 쓰러져도 될 것을 한참 그렇게 달리다 알았어 내가 달리고 있다는 것을

하늘은 정말 높을까
낮게 느껴지더라도 바다보다는 높고 나보다 높은 산보다 구름보다 안개보다
높으니까 높을까
궁창이라는 말은 왜 무섭고
주저앉는 지붕처럼 여겨질까
하늘 높이만큼 뛰어오르면
길게 낮게 쓰러지겠지
멀리 볼 수 있겠지
내가 쓰러진 곳을 따라
풀이 많이 나겠지
멈추는 것과 같을까

산과 바위여, 우리 위로 무너져라. 그리고 어린 양의 분노에서 우리를 숨겨다오.*
알 수 없는 높이에서 거꾸러지는 인간

곁에

함께

엎드릴까 말까

멈추는 것처럼 보일까

나는 쓰러진 인간

나를 몰고 가는 휘파람을 알아채야지

그 날카로움에 베여

백만 번 천만 번

나는 달렸지 뜻은 모르지만 외우고 마는 노래처럼

노래가

내 괴로움이라고 해도

눈 닿는 빛을 뒤로 보내며 나는 달렸지

내가 쓰러진 곳에는

양도 없고 목소리도 없고

하늘도 없었지

* 시몬 베유의 『중력과 은총』 중 「훈련」에서 나는 이 구절을 빌렸고,
시몬 베유는 「요한계시록」에서 이 구절을 빌렸다.

괴물보다 악몽 같은

택배를 기다리고 있었다
배달원이 보낸 배송 안내 메시지를 보고
집에 아무도 없는 것처럼 이불을 덮어쓰고 있었다

그런 꿈속에 있으려면
옷을 갖춰 입어야 하지
누가 봐도 옷처럼 보이는
옷을 마련해야 해, 피곤했다

그 옷,
아주 아름다운 저택을 상속받는 꿈
울창하고 고요한 숲속
마을을 내려다보는

멋진
멋졌던
마을이 불타고 있었다
멋있게
택배를 들여놓고 이불을 벗어
불 속으로 조심스럽게 던졌다
죽은 사람에게도 옷이 필요한가
죽으면 사람이 아닌가

누구도 벗은 채로 떨면서 죽어서는 안 된다

불이 할 일을

빼앗아서는 안 된다

2부

두 사람과 춤

등나무 아래 기혼자 숙사
그들은 서로 알아보았고 공부했고 통장을 나누고
꽃이 없는 날에도 꽃을 생각하지

춤추는 사람들을 춤추지 않고 좀 볼까
등나무 아래 가만히 끌어안고 서 있네
나는 그들의 춤이 되어

꽃잎
꽃잎
꽃잎
꽃을 떠나와 꽃잎이 되어도 덩굴 그늘은 모든 걸 꽃처럼 만드네
두 사람을 감싸고
두 사람 곁에서 진다

강아지가 목줄을 당기며 앓는 소리를 듣고
그것을 사로잡힌 혼이라고 부른다

강아지는 이 가난한 두 사람에게서 났지
난 건지 붙은 건지 모르겠다는 생각을 했지
내가 흩어지면
이들은 어떻게 되나

체리 사러 다녀왔지

사람들이 서로 사랑하는 것을 구경했지
티셔츠가 달라붙은 등을 타고 긴긴 밤이
지나갔지
체리
조금 이지러진 것 선한 것
나를 착하게 만드는
외국에서 온

알알이 알알이
체리 사러 간 사람을
기다렸지
착한 사람들이 나를 자꾸 슬프게 하지

착하게 기다려
정신없이 죽어간 한 주
한 그루
한 포대였지
그중에서도
한 주먹 체리
꿈속의 절망 같았지
깨끗이 먹어치웠지
그 색깔과

그 향기와
그 모양까지 먹을 수 있었어
씨앗을 입속에서 굴리며
이 체리가 네가 먹은 체리냐
물어보곤 했지
등에 업혀 체리를 먹는 동안

이 잠이 내 잠이냐
이 꿈이 내 꿈이냐
네 꿈에서 내 꿈을 구경했지
네가 넘어지면
내가 체리를 주워 왔지
너를 주워 와서 내가 다 먹었지

씌기

나 혼자서는 어디도 갈 수 없구나
산 사람을 빌려야겠구나
아무래도 몸보다는 마음이 편하지
스미기에 좋지

가끔 사람들이 묘한 꿈을 꾼다면
그건
마음이 씐 것
마음이 그 사람 모르게 유랑한 것

내가 잘 타고 돌아다닌 다음 놓아준 것

그런데
귀신도 꿈을 다 꾸나

네 꿈이 정말 춥구나
귀신에게 가혹한 온도다

네 마음을 타고 너무 멀리 나왔었나 보다
네 마음을 놓아주었다고 생각했는데
네 마음이 이제 너를 어색해한다

형태를 완성하기

이응을 연습합니다
이응 이응 이응 이응
굶지 않고 잠 잘 자고
입추 아침 바람 입 안에 넣고
이응 다음 넘어가면
미음 미음 미음 미음
이응에 못을 네 개 이응 안에 박고
멀어져라 멀어져 미음을 만들 겁니다

나의 단단한 못
물려받은 뼈를 사용할 겁니다

길고 하얗고 조금 푸르스름하게 윤기 나는 못을 박아
미음이라고 할 겁니다
턱 아래와 관자놀이를 지그시 엄지손가락으로 누르면서
아아— 마아— 하고 길게 소리를 늘여볼 것이니까

이응을 둘러
미음을 박고
그 안으로 들어갈까 밖에서 볼까
지붕도 없고 바닥도 없이
그런 것을 우리라고 한다지요?

사슴 말 양 가끔 염소
아아— 마아—

모아서 부르고 나면
누군가 반드시 돌아볼 거라는 믿음
선명히 보이는 길 끝
앞서 가는 사람이 아무도 없을 때
비로소

병든 호랑이 만지기

병들지 않았다면 손대지 못했을 호랑이

오렌지빛 부드러운 힘이 링거를 꽂고 철제 침대 위에 누워 있다

기운을 내라고 강아지풀로 간질인다 새의 깃털로 간질인다 머리카락 한 줌으로 간질인다 이 강아지풀은 어디에서 왔습니까 이 새의 깃털은 살아 있는 물새에게서 뽑은 것입니까 아니면 길바닥에 떨어진 것 그 모를 것을 주워 온 것입니까 이 머리카락은 그러니까 당신의 머리카락이 맞습니까 보세요 당신 아무도 괴롭히지 않은 것이 확실하지요 누군가 나를 간질이고 간지럼을 타는지 마취가 잘된 건지 확인하려는 듯 겨드랑이를 만지고 허벅지를 만진다 나는 계속 간지럽다 가슴이 아프도록, 간지럽다 간지러워 하면서 두꺼운 털옷 안쪽을 털어내지 못하고 땀을 조금씩 흘린다 링거를 꽂은 호랑이에게 천천히 다가간다 바라본다 손을 대면 호랑이가 벌떡 일어나 손을 물어뜯고 내 손은 호랑이의 배 속을 간질이러 들어갈지도 모르지 그러면 간지러운 호랑이는 빙글빙글 병상에서 뛰어내려와 은빛으로 번쩍이는 수술 도구들을 꼬리로 쳐서 다 떨어뜨리고 차갑게 빛나는 유리창을 부수고 그러고 나서도, 간지럽다 간지러워 하면서 빙글빙글 돌 것이다 호랑이는 눈을 감고 있는데 신비로울 정도로 내가 기대한 호랑이 냄새가 나지 않는다 클로로포름 냄새가 짙게 나고 호랑이의 두껍고 무거워 보이는

네 개의 발이 가지런히 옆으로 누워 있다 가까이 더 가까이 그대로 병든 호랑이를 만진다 의사 선생님 정말 제가 호랑이를 만져도 될까요 오렌지가 이렇게 빛나는 눈 멀게 만드는 과일인 줄 몰랐는데 이 호랑이를 만져도 제가 호랑이가 되지는 않겠지요 병든 호랑이를 뭐라고 할까요 가죽 주머니라고 할까요 뼈 주머니라고 할까요 이렇게 입에 산소마스크를 하고 누워 있는 호랑이는 산소마스크 호랑이라고 해야 할까요 원래 호랑이는 이렇게 뜨거운가요 병든 호랑이라 이렇게 뜨거운가요 저는 아프지 않아요 저는 건강해요 그런데요 뜨거운 거 지옥 맞죠 마음은 먼 데서 키우던 지옥인데요 지옥은 내가 밟은 뜰에서부터 물들여온 마음인데요 그러나 먼 데란 얼마만큼 멀어야 먼가요

스위치,
수저 부딪치는 소리,
새벽에 먹고 설거지하는 소리 같은 거,
반대쪽,
그 넓은 땅 청과물 코너에 서서 이민자 심사를 기다리는 친구의 무릎,

친구가 살겠다는 나라에는 오렌지가 집집마다 열린다고 해요 겨울이 가을 같다고 해요 저는 종종 친구의 뺨을 쓸어보았죠 저녁이면 수염 자국이 올라와서 다른 사람 같았는데 셰어하우스 뜰에서 오렌지가 썩어가는 게 그렇게 슬펐다는데

먼 데,

친구를 만졌던 손가락으로 무엇을 하냐면

골골 백년 해내야 하잖아요 그렇잖아요 먹고 자고 냉장고를 청소하는 간병인의 건강을 생각하려고요 관람객이 별로 없네요 오렌지를 사 왔어요 껍질을 까는 동안 호랑이가 나왔으면 좋겠어요 아프지 않았으면 좋겠어요 만질 수 없었으면 좋겠어요 살아나겠죠 하지만요 죽었을 때도 불러주세요

귀신같이 알기

같은 거라고 말하면 여럿 된 것 같은 거
그런 거
있잖아 약속 같은 거
약속 꼭 지켜
빛을 바라면서 빛에 바래면서
빛 같은 거
인간 형질을 이해해
썩는 것을 이해해
인간의 한 살, 열 살을 이해해
해가 긴 나라의 인간을 이해해
해가 긴 나라에서 못 자는 인간을 이해해
나는 이해해
나는 쇠붙이를 이해하고
쇠붙이가 녹스는 시간,
진흙을 헤집으며 썩지 않는 풀뿌리를 이해해
바람 센 절벽에서만 자라는 이끼를 이해해
사시사철 피는 온실 속 장미를 이해해
부드러운 가시를 이해해
부축을 받지 않는 꽃잎을 이해해
꽃이라고 않고 꽃잎이라고 해
꽃잎
구겨진 꽃잎

마른 물 얼룩을 이해해
잘못 긁어낸 자국 같은
얼굴과 한숨
이해해
숨 쉬는 게 흉이라고 믿는 너를
세상에서 가장 긴 숨 끝에 보이는
세상 같은 거
이해 같은 거 이해해
아니 나는 골짜기 산등성이 내가 볼 수 없는
너 혼자 깊게 안은 너의 몸
거기서 네가 본 것들, 저기,
있잖아
내가
너 있는 곳으로 가면
볼 수 있어?
보여줄 수 있어? 이해해도 돼?
네가 여기로
오고 싶지 않아 한다는 거
알아 이해해

밖에서 보자

내가 오래 간직했던 돌이
나로부터 굴러 나오겠다고 한다
내 눈에 비친 자신을 보고 싶다고

하지만 나는 겁이 나
돌이 나를 바라본다면,
내가 하던 생각이 어떻게 될지 모르겠어
내게 돌이 없다면 내가 나일지 모르겠어
내 눈에 돌이 보일지조차 잘 모르겠어

그래서 말해준다
돌에게 내가 간직했던 돌에 대하여

너는 감자를 닮은 사람
비가 그친 줄 모르고 우산을 쓰고 비의 바깥을 걷는 사람
슬픔이 이제 저를 놓아준 줄 모르고 슬픔을 피해 고개를 숙이고
슬픔의 바깥을 걷는 사람
너는 항상 걸어가는 사람
너의 가슴이 크게 방망이질 칠 때
세계는 잠시 숨을 멈춘다
너를 생각에 둔 나도 모르게
너조차도 모르게

너는
세계의 바깥이 되어
내게 우산을 내미는 사람 싹을 자꾸 틔우는 사람

말이 다 끝났을 때
돌은 멋지다 밖에서 보자라고 했다

비에 젖은 한쪽 어깨를 털어 내리며
나는 돌아 돌아 불러보았다

죽어서 먹는 밥

그 밥 달더라
참

살아서 먹는 밥은 그만 못하더라

흠향하는 것들 소리가 다 들렸다

꿈 없이 시름없이*
그림자에 기대 느릿느릿 와서 남의 집 밥상머리를 차지해버리는 것

나는 절을 하다가…… 절을 두 번 하다가…… 그대로 잠든 것처럼
엎어졌다
술 없이 정신없이
진설한 음식 위로 늘어졌다

그림자는 못 잔 잠만큼 짙다 향내 나는 그늘이다
나는 이것을 몸으로 배웠다

잠 없이 반향 없이
나는 움직이지 않으리

가장 좋아하는 음식을 대접받아도
다시 살아나지 않으리

몸이 사라지지 않아서
나는 좋은 무대
어둠 속에 고스란하였다

어둠이 관람석에 자리를 잡았고
연극은 도중에 그만둘 수 있는 게 아니었다

* 허수경 「도시의 등불」로부터.

세상에서 가장 하얀 토끼

있지,

하얀 토끼 있어?

없어

없어?

하얀 토끼 같은 건 없어

없어?

흰색은 없어

토끼도 없어

있어 하지만 하얀 토끼는 있어

있어?*

있어

왜

왜?

없는 건 알 수 없는데

알 수 없으면 없어?

눈에 보여?

눈 좋아?

괜찮아

눈 아파?

괜찮아

뭘 보고 있어?

하얀 토끼

흰색은 있어
토끼도 있어
없어
어디?
여기
너 울어?
만지지 마
손대지 마
이제 눈 떠
함부로 만지지 마 제발
눈 떠
만졌어?
만졌어
아니야 다시 만져봐 어서
네 손으로 사라지게 해봐
부탁이야?
부탁이야

* 여기부터는 문장부호에 개의치 말고 자유롭게 노래하듯이.

외국 여자

먹고 먹힌다는 것에 사리분간이 안 됐다
횡단보도 복판에 멈췄다

여기를 정리하고 한국에 들어가야 할까
오늘 한국 여자가 죽었다는 소식을 들었다
한국식으로 머리 풀고 곡하고 술상을 차릴까

까마귀가 너덜너덜해진 비둘기를 물고 가로수 위로 올라갔다
눈 쌓인 수풀에 이상한 산새의 시체가 묻히고*
그때부터 보이지 않았다

나 같은 외국 여자 몇몇 비둘기를 보고
가로수 위를 보고 다시 자신을 안은 남자의 얼굴을 본다
우리들은 새가 아니다

경적소리에 놀라 얼른 길을 건넜다
비둘기였던 것이 후두두 떨어질 것 같았다
떨어지지 않았다

여자로 사람을 만나고 일하고
한국을 잊고 계속 여기 있고
몇몇
여기서 죽고

* 오장환 「심동(深冬)」으로부터.

종자는 먹어치우지 않고

네게 있는 것을 전부 내놔
내
가방 속에는 그늘에서 말린 옥수수 살구 씨 복숭아 씨
해바라기 씨 파뿌리가 들었다

내놔
나는 신발을 벗고 겉옷을 벗고 가방을 주었다

마지막으로 묻는다 더 없어? 내놔

나는 손을 내밀었다

더 없나
독 없는 것
깨끗한 것

손을 탁 치는 소리가 들렸다

신발을 신고 겉옷을 입고 가방을 들었다
그 모든 것을 하는 데 손이 없어 오래 걸렸다

우리나라

우리. 지도에 표기되지 않은 곳은 없는 나라일까 지도에 표기했지만 지도가 사라진 나라는 없는 나라일까 그런 고민 그런 투쟁 우습기는 하지만 이렇게 잠이 세운 나라에 들어선 새벽이면 문득 날벌레 그림자를 품은 전등을 물끄러미 흐린 눈으로 보면서 어둠에 익숙해져 윤곽을 세우면서 바라보면서 떠올려보는 일이다 너의 일은 없는 나라에 대해서 있는 나라처럼 만드는 것인데 네가 있는 나라를 나는 없는 나라처럼 위화감을 느끼게 하는 것인데, 문제가 있다면 없는 나라에서 신고한 관계는 있는 관계가 아니기에 보험금을 수령할 이가 없다는 것 정도다 나는 너를 사랑하고 네가 없는 동안의 나를 사랑하기 위해서 잠든 너를 건드리지 않으려고 노력하고 너에게 가타부타 말을 않고도 너에게 내 나라를 주는 것이 일이었는데 그게 내 가장 좋아하는 일이고 내가 먹고사는 일이었는데 나는 이 나라의 과인이 되어서 이 나라의 신하가 되어서 이 나라의 백성이 되어서 너에게 전쟁 없이 성문을 열고 해자 위로 다리를 내리고 창칼을 거두는 것이 일이었는데 너는 없는 나라에 가서 나를 찾고 없는 성문을 열고 불붙인 화살을 쏜다 백성의 귀를 자르며 나를 내놓으라고 한다

병사들이 죽고 신하들이 항복을 하느니 차라리 죽겠다며 죽고 피가 땅을 메우고 흐른다 나는 왜 우리 둘이 있는 나라가 이렇게 다른지 고민에 빠진다 고민에 숨어서 없는

두 나라가 불과 피의 나라가 되는 것을 보고 꿈인가 생신가 보고 본다고 느끼느라고 잠시 없어진다 없어지면 안 되는데 너에게 나는 있어야 하는데 나는 지금 여기 있어야만 하는데 이렇게 또 시작하면 안 되는데 자꾸 잠에서 깨어나 눈 뜨고 세운 나라에서 쫓겨나 조금 멍해져 흙바닥에 나앉은 사람들을 보고 그것에 대해서 쓴다 써야지 생각하면서 내가 없어도 너는 너지 그런 생각이 눈을 감긴다 내가 네 가진 것 중 가장 값진 것이 아니래도 너는 너고 너는 내 나라의 주인이지 내 백성의 군주지 그런 기록을 남겨야지, 하는 꿈에 빠져들면서 나는 성문 밖을 떠돈다 아무도 밥을 주지 않고 아무도 물을 주지 않는다 없는 사람에게 무엇을 줄 수 있겠냐고 우리는 말했고 그것이 법이 되었던 것 같다 법 없이 사는 사람이 없다는 게 재미있다 네가 나를 보지 못하게 없는 나라에서 나는 묘비도 묻힐 땅도 없이 죽는다 나는 성 없고 이름 없고 원 없이 죽는다

다시

죽어서

죽을 이들을 헤아려본다 그들이 내게 극락왕생을 빈다 성문 없는 내 나라에 온다 우리나라는 내가 제일 모르는 나라다

산 사람의 원한 같은 것

생각을 오래 하면 기억이 날 것 같다
기억이 나면 적어둘 수 있을 것 같고
적어놓으면
남길 수도 없앨 수도 있지
거기 남을 수도 거기서부터 멀어질 수도 있다
들킬 수도 있다

대신 간직할 수 있다

날벌레들이 물가 풀숲에서 태어난다
날벌레들은 숨을 줄 모른다
나는 숨을 참을 줄 안다 날벌레를 한 손에 잡았다가 놓을 수 있다
두 손을 마구 휘젓다 물속으로 미끄러져

자연스럽게
비밀스럽게
영원을 상상해볼 수도 있다

상상을 오래 하면 기억을 만들 수 있다
반복을 오래 하면
끝을 모를 수 있다

죽은 다음 온 것

수가 없다
호흡을 반복하면
생사를 들락날락할 수 있다
자고 깨어나고 다시 자고 깨어날 수 있으면
기억할 수 있다
기억이 나면
어떡하지

산불 관리인의 노트

: 맑음

: 맑음
건조한 날이어서 밤을 새다

: 맑음
꽃나무와 꽃나무 밑동 사이에서 토끼를 집어 올린다 상처를 핥아준 녀석이 있다
빠져나오려고 애를 쓴 모양, 다리가 다 쓸렸는데 털이 깨끗하다

: 맑음
사람과 식사하다 수저로 선지를 그릇 바닥에 숨기다
사람과 식사하다 문장 몇 개만 생각해도 무뢰한이 된다
사람과 식사하다 구역질을 하면 분위기가 상하고 시라고 적으면 내 것이 된다

: 맑음
빨래가 잘 마른다

: 맑음
문장이 빽빽해져서 가지를 치고 작은 것 몇 그루는 뿌리부터 파내다

: 맑음

누가 놓아둔 건지 모르겠다 덫을 전부 치우고 신고하다
피를 토하는 사람을 처음 보다

: 맑음

소매에 침을 묻혀 비비고 살살 문질렀다 신고 내용을 확인하다
어디서 왜 피가 묻었는지 모르고 나름대로 사는 것이다
나무를 더 베었다 피가 흐르는 길이 보인다

그물

최정례에게

모래와 물을 안전히 떨어뜨려놓으려면
바람이 통하는 곳에서 빛을 기다려야 한다
걸려들어야 한다

날개라고 나는 주장했지만,
뿌리인
파도
이빨들

모래를 마구 흘리면서 거품을 토하는 주둥이
물려
허우적거리는 사람에 나는 손을 대
사람을 믿고 사랑에 안긴 듯이 끌려간다

그러나 물은 엄격하다
기어올라오는 일을 시킨다 젖은 몸을 스스로 말리게 한다 그 사람은 보이지 않고

그물이
바다 가까운 자리
모래 자리에 붙박여 자라난다

3부

종이뼈

종이 같은 마음
종이는 무엇으로 만드나
나무와 물과 빛으로
그리고
잉크로
물감으로

피로
침으로
땀으로

나의 뼈가 종이 같다는 말을 듣고
나는 종이가 견디는
말을 느꼈다
종이가 접혀 말을 감추는 소리를
알아챘다

뼈에 살이 달라붙는 집요함을 느꼈다

죽고 싶은 마음과 친해지기*

죽고 싶은 마음에게 칼을 훔칠래
기가 막히게 외로 된 사업 하나 시작할래

죽고 싶은 마음에게 꼭 맞는 칼을 훔쳐서 잘 벼린 다음
다시
죽고 싶은 마음에게 빌려줄래

죽고 싶은 마음에게
칼을 구경시켜주며
(와라, 봐라, 네가 잃어버린 네 아이다! 네 어머니다!)
마치 그 마음을 알아차린 듯 내 마음으로 하는 일인 듯
칼 손잡이를 돌려줄래

속삭여줄래
(만져봐, 용기를 내! 네 칼이야!)

칼이 뽑힐 때
그 사업에 살짝 힘을 보태는 것이지
칼 손잡이를 없애버리는 것이지

껍데기가 살을 따라다니고, 살은 내장을 따라다니고,
내장은 자신이 움직이는 줄 모른다

영혼처럼
마음처럼
나처럼

친구,
죽고 싶은 마음은 알게 될 거야

칼은 자신을 썩히는 살도 피도
영혼도 마음도,
죽든지 다치든지,
알 바 없지.

새가 제 날개를 두려워하지 않는 것처럼
죽고 싶은 마음에게
발견될 뿐.

* 상에게, 권유하듯이, 적당한 속도로.
이상 「위독—침몰」과 이상 「거울」로부터.

자유로운 마음

따뜻한 차라도 한 잔 마셔야지 아침부터 추워서 살 수가 없네 분명 마음은 그렇게 먹어놓고 물에 술을 부어야지 술에 불을 타야지 얼마나 따뜻하고 얼마나 향긋할까 입술 끝만 살짝 적시자 언제 날이 밝았는지 언제부터 부엌에서 서성거렸는지 기억이 잘 나지 않는다 손에 잔을 들고 술병의 술을 졸졸 따른다 벨이 울리고 문 두드리는 소리가 들리지만 멈출 수가 없다 문밖에서 저기요, 계시죠, 하더니 전화 거는 소리가 들린다 아랫집 사람이구나 술잔을 내려놓고 전화를 받자 물이 또 샌다고 비가 또 내리기 시작했냐고 묻는다 비요? 네 오늘 새벽부터 시작한 것 같던데 그거 어떻게 좀 할 수 없어요? 아이고 죄송합니다 제가 얼른 외출할게요 도대체 언제부터 시작됐지 급히 화장실로 들어가 배수구 위에 선다 그칠 때까지 여기 있으면 되겠지 종일 이럴지 십 분 안에 멈출지 알 수 없는데 술병의 뚜껑을 열어놓은 게 떠오른다 전부 마시면 비가 멈출 것 같다 믿음이 필요해 메시지를 보내둔다 아이고 죄송합니다 곧 그칠 거예요 비는 멈출 기색이 없다 멈출 이유가 없다 이 비는 내가 집 밖에 나가면 내리지 않는다 내가 집 밖에 나가는 것을 싫어한다 내가 거절하지 못할 것을 안다 내 의지를 나보다 잘 안다

노을 보기

나의 친구는 피를 보면 어지럽고 화가 난다고 했다 하지만 나는 피를 흘리고 앉은 자리마다 피를 묻히고 피를 어쩌지 못했다 피 흐르는 날에는 고요하게 피 흐르는 걸 느낄 수밖에…… 그것은 의지가 수상한 수류탄 같아 핀을 뽑아도 안 터지고 핀을 놔두어도 터져버린다 내 이해를 넘어서는 장관

닫힌 욕실 문에 대한 메아리처럼 응답처럼 해 지는 것이 보인다 용서를 요구하고 이해는 바라지 않는 피, 흘러서는

웅덩이.

웅덩이 위에 웅덩이.

웅덩이 아래에 웅덩이.

해가 지는 동안 마음 놓고 나의 피가 나를 감당하지 않을 때 나를 되살릴 때

지그시 눈을 감고 노을을 감상한다 친구와 내가 하지 못하는 일을 웅덩이가 한다 웅덩이에게 보답을 하자 나는 욕실 의자를 해가 질 때마다 옮긴다

일

눈 닿는 것마다 모두 너무 빛나다가도
눈길을 모아 하나를 똑바로 바라보면
세상이 전부 얼룩지기 시작한다

어렵게 통영 와서 시장 구경부터 하던 중이었는데
「다 울고 나면
죽은 생선이 양동이째 앞에 놓여 있어
나는 그걸 계속 손질해야 하는 거야
내가 잘하면 살릴 수 있다는 거야」

네가 하자고 하는 게 있어 기쁘다
비 맞는 바다를 보며 나란히 앉아
너는 너의 비를
나는 나의 비를
손질한다

꼭 사람 것 같다 징그럽다 그치
그렇네 이건 네 거 닮았다
아니 너 닮았는데

바다를 헤집는 기척과
우리 앞에 놓인 양동이

빛이 닿지 않는 바닥에서 웃음을 긁어낸다
폭우가 너를 붙들고 너를 마구 흔든다

양동이가 새로 준비될 것이다
이번엔 무엇을

천사의 선물

천사여

성년이 되면 얼굴을 잃게 될 것이다
누구의 기억에도 흐릿하게 남을 것이다
누구의 곁에서도 제대로 보이지 않을 것이다

요정들의 선물에
왕비는 고개를 숙이고 조용히 미소 지었다

오로라는 자랄수록 인간 같지 않았다 왕비도 왕도 생각했다
공주는 정말 천사 같군

천사가
저에게 키스를 한 왕자를 창밖으로 밀어버렸을 때,
성 안의 모든 자들이 깨어났고
뒷목을 주무르고 배를 채우러들 갔다

천사는
창가에 걸터앉아 사람들이 깨어나 움직이는 것을 지켜보다가
왕자가 타고 왔던 말을 끌고 성문을 나섰다

이제 이 성에는 편히 잠들 수 있는 이가 아무도 없다
왕과 왕비는 생각했다

천사는 사랑받지 않아도 된다

인간 놀이

사과 잘 깎는 애를 좋아해
하지만 사과를 잘 깎는단 말은 우스워하지

복숭아 먹겠냐는 말을 좋아해
하지만 복숭아즙을 팔뚝까지 흘리는 건 웃겨하지

초콜릿 사 오는 애를 좋아해
하지만 술 사 오는 어른은 더 좋아하지

토론할 줄 아는 애를 좋아해
하지만 말없이 아이스크림을 떠 오는 애도 좋아하지

얘는 발등에 뺨을 얹는 애를 좋아해
하지만 개, 손바닥 아래 따뜻한 뺨도 좋아해
빵처럼 부푸는 미소도 좋아하고

나는 좋아해 무릎을 끌어안고
가지 마 가지 마 하면서 몸을 흔드는 응석을 좋아해

　　그림자들이 식탁 아래서 쑥덕거리는 소리를
　　분명 들은 것 같다

우리끼리 더 놀고 싶어
낮잠 좀 자 저녁이 오면 놀아줄게

나는 목이 잠겨
먹는 시늉 자는 시늉 걷는 시늉으로 꾸려진
놀이에 대해서 눈을 감고 생각한다

내가 나 아닌 것을 벽에 비춰보고 좋아하던

차가운 마음

아픈 사람 싫지

근린공원 산책로
가로등 환하게
구름 이지러지는 것을
보며 묻고 답하는 일

아니 아픈 게 싫지

너의 바닥에는 우리가 나눈 말들이
흔들리다 떠올라
올려다보면 문득 있는 구름처럼
하늘을 채우다 떨어지고 고인다

헤엄을 칠 수 있을 만큼
낚싯대를 드리울 수 있을 만큼

허리까지 가슴까지 시원할 것 같았다
우리는 자신 있었다
기분 좋게 헤엄도 치고 물수제비도 뜰
아담하고 깨끗한 호수를 누릴 자신

너는
가졌지
호수를

나는 그 호수를 가진 너를 가졌고
겨울에도 얼지 않는 호수를
여름에도 썩지 않는 호수를

온갖 것이 사는 풍요로운 호수

비 오는 밤
끔찍한 것들이 호수 위로
기어나와도 놀랍지 않을 것 같았지

우리는 걸었지
호수에서 우리가 기어나오지 않는다는 걸 확인하려고
비 오는 밤마다
호수의 깊이를 쟀지

그치지 않는 빗속으로
자맥질하듯이
걸을 수 있었지

세상에서 가장 멋진 새*

* 서점에 나 혼자였다. 사장님이 아직 출근하지 않은 이른 오전 시간이었다. 조용했다.

어린 친구 하나가 조그만 목소리로 혹시 세상에서 가장 멋진 새를 그려줄 수 있는지 물었다. 그 어린 친구가 쭈뼛거리며 내 곁으로 살그머니 나가왔다가 도로 물러나기를 두어 번 반복한 걸 알고 있었기 때문에 그래, 좋아요, 대답했다. 그러면서 혹시 다른 건 필요하지 않은지 물었다. 이를테면 어린 친구를 닮은 캐릭터 그림이라든지, 맛있는 빵 그림 같은 것.

어린 친구는 조금 망설이더니, 마스크를 고쳐 쓰며 새를 먼저 그려달라고 했다. 가장 멋진 새를 보고 싶다고. 자기는 새를 무척 좋아한다고. 그런데 엄마가 새를 기르는 걸 허락하지 않아서 가장 멋진 새 그림을 볼 수 있었으면 좋겠다고.

어떤 새를 기르고 싶었는데요? 물어봤더니, 어린 친구는 "가장 멋진 새요"라고 힘주어 말했다.

가장 멋진 새.

도대체 어떤 새일까? 고민되었다. 나는 새를 잘 모른다. 그래서 바로 검색창을 띄웠다. 검색을 해볼까. 어떤 새가 제일 멋있는지 볼까. 괜히 들으란 듯이 큰 소리로 중얼거리며 황새도 검색해보고 왜가리도 검색해보았다. 독수리, 부엉이 등등 날개가 큰 이런 새를 따라 그리면 될까, 내가 겨우 아는 온갖 새들의 이미지들을 띄운 후, 하나씩 보여주었다.

어린 친구는 천천히 고개를 저으며, 검색은 저도 할 수 있고, 이런 새들은 자기도 안다고, 혹시 자기가 이름도 모르는 그런 멋진 새를 그려줄 수는 없느냐고 물었다. 머뭇거리면서도 할 말은 참지 않고 다 하는 것이었다.

아아, 이 친구 보게.

나는 우리의 대화가 어린 왕자와 조종사가 나누던 그것과 유사하다는 생각이 들었다. 슬며시 웃음이 나왔다. 어린 친구여, 나는 상자를 그려야겠네. 이게 어린 왕자를 읽은 어른의 대처라네.

마스크 아래 내 표정은 의기양양했을 거다. 분명히.

나는 보지 말라고, 잠깐만 있어보라고 말한 다음, 책상 위에 거의 엎드린 자세를 취한 다음 신중하게 상자(어린왕자에 나오는 그 상자)를 그려냈다. 어린 친구는 상자 그림을 보고는 마스크를 다시 한번 고쳐 쓰고.

저…… 이 상자 알아요,

라고 고개를 외로 꼬고 내 눈을 피하며 말했다.

그리고 이 상자에는 이미 양이 있어서, 새랑 같이 있기 힘들 거 같아요, 라고.

맞다. 우리는 어린왕자와 조종사가 아니었던 것이다.

그러면 저기 앉아서 귤이라도 먹고 있을래요? 세상에서 가장 멋진 새라니. 어렵기 짝이 없었다. 시간을 벌고 싶었다. 하지만 어린 친구는 내 속도 모르고 고개를 저으며, 마스크를 벗기 싫다고 말했다. 내가 새를 제대로 그리는 걸 확인하고 싶었는지 어느새 내 옆으로 와서 책상에 손을 짚고 서 있는 자세였다.

어린 친구가 딱 붙어서 기다리고 있으니 머릿속이 새하얘져, 나도 고개를 외로 꼬고 허공을 바라보았다.

……그럼 좋아하는 새에 대해서 조금 말해줄래요? 궁금해서 그래요.

어린 친구는 기다렸다는 듯이, 모르는 새의 이름을 알려줬는데, 검색해보는 것은 절대 안 된다고 황급히 강조했다. 그 새는 아주 작고 자기 손바닥보다는 크지만(그렇게 말하며 자신의 손바닥을 들어올려 내 눈 앞에 흔들었다. 과연 작았다.) 내 손바닥에 쏙 들어오는 크기일

거라고 말했다. 유치원 갈 때 머리 위에 올려놓고 가면 얼마나 재미있을까 생각해봤다고. 그런데 다른 친구들이 새를 괴롭히거나 새가 코로나에 걸릴까 봐 그런 생각은 그만두기로 했다고. 햇빛에 깃털이 조개껍질처럼 빛나고, 곤충을 주로 먹고, 작은 도마뱀도 가끔 먹는다고.

아아, 혹시 그 새(마스크 때문인지 사실 제대로 듣지 못했다)를 기르고 싶은 거예요?

그건 아니에요. 그 새는…… 멸종 위기종이라서 안 돼요.

좋아요. 알았어요. 나는 다시 한번 심기일전하여 세상에서 가장 멋진 새를 그려보리라, 마음을 먹고 이런 새 저런 새를 그리기 시작했다. 날개가 아주 큰 새, 부리가 날렵한 새, 발톱이 날카로운 새, 종이비행기처럼 생긴 새, 접시처럼 동그란 새……. 그리고 또 그렸다.

새를 그려서 보여줄 때마다 이 어린 친구가 고개를 저었기 때문이었다. 이 새는 독수리 같아요. 이 새는 카나리아 같아요. 앵무새는 싫어요. 공작새는 징그러워요, 등등. 어린 친구 나름 타당한 이유였다. 그렇지만,

슬펐다. 힘들었고. 손도 아팠고.

있잖아요. 아까 말했던 좋아한다던 그 새를 대신 그려주면 안 될까요? 저는 세상에서 제일 멋진 새를 모르겠어요.

결국 솔직하게 말할 수밖에 없었다. 어린 친구가 한숨을 아주 작게 쉬었다. 하지만 서점이 조용해서 내 귀에는 잘 들렸다.

그 새는 싫은데.

어차피 못 기르는데.

대꾸할 말을 찾지 못했다. 정적이 이어졌다. 이 어린 친구는 그 새만을 원하는 걸까? 아니면, 그 새를 포기할 수 있는 다른 새를 원하는 걸까? 가장 멋진 새는 무엇을 위한 새인 걸까?

즉흥적으로, 어린 친구를 향해 펜을 내밀었다.

그러면요. 이걸로 혹시 그 새가 사는 둥지를 그려보면 어때요?

어린 친구는 조금 망설이다가 펜을 받아들었다. 의자에 앉지도 않고 테이블에 양 팔꿈치를 올린 채, 신중하게 한 선 한 선을 이어 둥지를

그렸다. 나는 어린 친구의 손끝에서 둥지라고 하는 무엇인가가 조금씩 나타나는 걸 보며 말했다.

둥지를 만들어놓으면 새가 없어도 있는 것 같잖아요. 그쵸. 맞죠.

이번에는 제발 이 어린 친구가 내 의견에 동의해주길 바라며, 서점에 누구라도 와주어서, 내 말에 동의해주며(오늘따라 출근이 늦는 사장님을 애타게 기다리며) 이 어린 친구를 설득해주길 바라며, 말했다.

어린 친구는 펜에서 손을 떼지 않은 채 고개를 끄덕였다. 어른인 내가 말끝을 늘이며 힘없이 말하는 게 웃겨서 조금 봐준 것 같기도 했다.

다 그렸어요. 이거는요. 밤에 안 보이는 둥진데요. 왜냐하면 그 새는요…….

한참 둥지에 대한 설명을 들었다. 새에 대해서 설명할 때보다 더 신나 보여 마음이 놓였다.

이제 가야 돼요. 다음에 또 올게요.

정중한 인사도 받았다.

고마워요. 잘 가요. 또 와요.

어린 친구가 내려가버리자 창밖 로터리에서 경적 소리가 들려왔다.

어떻게 새를 그려줬어야 했을까? 어린 친구가 내게 둥지 그림을 남겨두고 가버렸다. 또 오겠다는 말을 남기고.

세상에서 가장 멋진 새를 볼 수 있을까
얼마나 멀리 갈 수 있는지 물어본 거야
손톱만 한 새 쌀알만 한 새

먼지만 한 새
눈이 멀 정도로 흰 새를 말하는 거야
날개 사이로 머리를 묻고 잠든 거위나 백조,
그런 새들도 흰빛은 흰빛이지만,

그 새들의 깃 사이에 잠든 새
새들의 새
세상에서 가장 멋진 새를 말하는 거야
부리부터 두 눈까지 두 다리까지 꽁지의 마지막 깃까지

순간보다
깨끗한

아주
희미한

숨쉬듯 나는 새를 말하는 거야 날갯짓에 깃든
눈 폭풍이나 해풍의 은유를 말하는 거야
비 오는 날 비를 맞으며 일해도 잘못된 느낌이 들지 않는 것
온몸이 바람에 뒤덮여 있음을 변명하지 않아도 되는 것
혼자

추락도 비상도
공중에 기대어

흰

호랑이가 들려준 이야기

종일 먹을 것이 생긴다
주머니 속에는 일단 현기증 나게 희고 부드럽고 한입 물면 입술 끝이 올라가는
갓 빚은 따뜻한 떡이 한 손바닥만큼 있는데
웃음도 눈물도 피처럼 질질 새는 거요,

무슨 노래가 그런다
단장의 고개 넘어
마을버스를 따라 달린다

밤, 눈 내리는 밤인데
바퀴가 헛돌자
밤에 노래하지 마 호랑이 나와
힘없이 핀잔주는 목소리 울먹이는 소리

허리 부러진 노래 마디마디가 버스와
간다
뒤로 밀릴 듯 밀리지 않으면서
간다

웃음도 눈물도 피처럼 질질 새는 거요,
창자가 끊어지는 기분도

입을 다문 여자들도 먹을 것을 이고 지고
덜컹거리며 고개를 오른다

종일 세상에도 이상한 것을
생긋대로 먹어야 산다*
먹을 것이 계속 생겨서 이 고개를 넘어갈 수가 없다

먹을 것인가 주머니에서 흘러나온 노래가 참 부드럽다
사람 손 같다 떡 같다

* 전봉건 「북7」로부터.

날 바라보는 웅덩이

버스를 타고 가볍게 떠나자

짐은 싸지 마 그냥 나와

아무거나 아무 버스나, 아무 데서나, 사람 많은 곳에서 내렸다가

사람 없는 곳에서 내려 사람이 하나라도 나타날까 무서워 그럼 다시 사람 있는 곳으로 가자, 가서 신기한 지명을 골라서 목적지로 하자, 만약 거기 바다가 없다면, 다시, 다시 시작하자, 그러는 동안 잠이 너를 찾아오고, 네가 잠을 찾아가고, 잘 읽히지 않던 책을 덜컹이는 버스에서 한 글자 한 글자 맥락 없이 읽고, 모르는 사람들의 대화를 들으며 덮고, 가자, 그래서 바다에 도착하자, 그리고 너는 자고 싶지 않지, 너는 혼자 다니는 여자처럼 보이고, 혼자 바닷가에 앉아 소주에 칼국수를 세월아 네월아 먹고 있으면, 꼭 당장 죽을 사람처럼 오해를 받으니까, 잘 곳이 없어서 호의에 잘 속을 것처럼 보이니까, 불쾌하니까, 불안하니까, 좋은 곳으로, 좋은 곳으로 갈 돈은 없으니까, 너는 그냥 다시 편의점에 갔다가, 호텔 로비에 갔다가, 다시, 바닷가에 갔다가, 24시간 카페를 찾아 번화가로 갔다가, 사람이 너무 없어서, 사람이 하나라도 나타날까 두려워, 다시 걷자, 버스를 타고 가볍게 떠나자, 주머니에 있는 게 무엇일까, 털어봐, 뒤져봐, 하나씩 흘려봐, 너는 그냥, 널 바라보는 웅덩이를 찾아 떠돌아다니는 걸까, 영혼에게 찔려 죽은 사람이

세상에 어디 너 하나일까, 긍정적으로 생각하길 빌게, 길에서 토할래 울래, 싫어, 싫어도 어떡하니 하나는 하게 되어 있어 어떡할래, 너는 특별해, 다른 모든 죽음이 단 한 번이듯이

옮긴 이

자갈이 밟혔다 한두 개 아니었다
찢어졌나 봐 저 사람,
사람들 앞에서 자갈을 다 흘리고 있네
씨앗도 빵도 아니고 자갈일 뿐인 자갈
주머니가 찢어졌을 뿐인데
집도 정신도 잃었나 세상에
누가 다칠 수도 있는데 저 사람 참 요령 없네
저기요, 자갈 좀,
말을 걸까 했지만,
돈도 똥도 아니고 고작 자갈인데
본 사람이 치워야지
고개를 숙이고 허리를 숙여
자갈을 집어
안고. 안는데.
무슨 희망이 얼마나 크기에 그 끝이 안 보인다

죽으려고 그래요? 말 거는 사람이 있어
주운 걸 하나도 흘리지 않으려고 온몸에 힘을 주었다
나는 죽으려는 게 아닌데. 그냥 죽고 싶다는 말을 하고
싶었는데
손이 모자랐다

안은 팔을 풀지 않으면 요령껏
오래오래 살 수 있다

컵 하고 발음해봐요

개천에서 아픈 개 비린내가 난다

죽기로 작정한
개가 온 힘을 다해
손바닥을 핥아주고 있는 것 같다

만나자마자
컵에 물을 채운다
내가 한 번
네가 또 한 번
너를 위해 얇게
나를 위해 네가 또 얇게
컵
하나에 물을 따르고
물을 나누어 마신다
네가 한 번
내가 또 한 번
컵의 완결은 어떻게 나는 걸까

눈을 바라보면서
몸을 꼭 붙이고 있었다
너는 공책을 가득 채운 가방을 메고 내 손을 잡았다

나는 네 가방을 벗기지 못하고
물을 채운 컵을 네게 주었다

문 열기

오늘 바람 많이 불더라. 문 열어놓을까.
아니 닫아줘.
그럼 내가 대신 눈 뜨고 있을까.
좋아.
너 잠들 때까지 무서우면 내가 대신 잠든 척할까. 이거 꿈이라고 생각하면 어떨까.
대답하면 꿈이 아니지. 대답하지 않으면 꿈이 되고.

아프고 다쳤고 또 피가 나서 어지럽고 좀 춥지만 그래도 꿈이야. 난 그렇게 생각해. 어때.

자?

바람 소리가 시끄러우니까 자는 척한다.
거울의 뒷면에 사는 것처럼
큰 소리 앞에서 내 소리를 죽이면 재미있다.
뭐든 반대로 하는 것도 즐겁다.

꿈에서 나갈래. 같이 나가자.
일단 자. 나가고 싶다면.

죽는 것은 재미없다.
죽기 직전에 멈춰서 다시 회복해야지.

너를 위해 문을 열어둘게.
무엇이든 들어오겠지. 다 나갈 거고 다 달라지겠지.
명심해. 한 사람만을 위해 열리는 문은 없어.
이것 봐. 누가 잠든 너를 너라고 생각하겠니.

잘 지내고 계세요? 저는 춤을 추겠어요

터널 치료

어떻게 오셨어요?

여기랑 여기가 시큰거리고 아려서요.

항상요? 움직일 때만요?

음, 잘 모르겠어요.

어디 한번 지금 움직여볼까요?

음, 아픈가? 아픈 것 같기도 하고.

음, 자 이렇게 해볼까요? 이렇게는요?

……

고통의 강도를 1부터 10까지라고 하면 지금 어느 정도예요?

글쎄요. 음. 음. 터널 지나 또 터널 가기까지 태양은 언제나 떠 있고요.

네? 아프단 뜻이에요?

저기, 쌍무지개는 쉽게 보기 어렵죠?

최초의 터널

귀가 꽉 막히면서 턱이 아프기 시작했어요. 엄마는 침을 삼키라고 말씀해주셨어요. 정말로 귓속이 뚫렸고 어둠도

지나갔어요. 계속해서 이름을 여전히 알아내지 못한 터널과 터널이 있었고 터널을 마주칠 때마다 모아서 삼켜본 침이 있었어요. 두 팔을 들고 두 팔을 내리고 햇빛을 모으고 침을 삼키는 것만으로도 짧은 밤을 지나갈 수 있다니, 쉬운 치료법을 배운 것 같았어요. 저는 어디서든 춤을 출 수 있는 사람이 된 걸까요.

비 긋기

학교 끝나고 친구가 집에 놀러왔는데 모르는 어른이 들어왔어요. 돈을 받으러 왔다고 하면서 엄마 올 때까지 기다리시겠다네요. 그래 그런가 보다 그랬는데, 대뜸 손톱깎기를 달라시더니 등을 구부정하게 숙이고 방바닥에 앉아서 발톱을 깎기 시작했거든요. 사방에 발톱이 튀었어요. 그냥 텔레비전을 본 것 같기도 하고 그래요. 그런데 그 터널이 자꾸 나보고 자신을 지나가라고 하네요. 터널 안에서 비 그치는 것을 기다리라 하네요.

최근의 터널

반대쪽에서 들어오는 바늘같이 날카로운 빛이 미리 보였어요. 저 빛을 향해 가는 거야, 터널을 지나가는 것이 아니라, 빛을 향해 다가가는 거야, 뭐가 있을 줄 알고 저는 터널을 지나 또 빛을 마주치려 했을까요. 조금씩 금이 번지고 있는 벽에 푸르스름한 이끼, 빛이 이끼에 닿지 않으

려 애쓰는 것, 귓속이 꽉 눌리며 아프기 시작한 것, 만약 여기서 제가 춤을 추지 않으면 영영 이 터널에서 나갈 수 없다는 것. 한꺼번에 밀려들어왔어요. 춤추지 않으면 영영 터널 속에 있을 수 있는 것일까요. 좋은데요.

눈 감았다 하면 어디서든 터널이 되어버리는 당신께

터널을 만들면서 우리는 많은 것을 망쳤어요.
당신 혼자 만든 것은 아니죠.
맞아요. 아니죠.
너무 많이 느끼지 마세요.
……
미안해요.
터널을 부술 수는 없잖아요.
맞아요. 그럴 수는 없죠.

누구도 이 춤을 대신 출 수는 없으니까요

터널의 목적은 누구든 지나가게 하는 거죠. 누구든 춤출 수 있도록 무대를 주는 거겠죠

손 씻기

손을 구석구석 씻는다
손가락 날을 샅샅이 느낀다
손가락이 찢어지고 있다 물이 손을 찢으려고 한다

한 마을을 희생하기

한 사람을 희생하기
한 걸음을 희생하기
한 절벽을 한 능선을 희생하기
한,
한 가지라고 믿어버리기

여기까지 오려고 손을 씻은 건가

물에 얹힌 빛의 무게와 빛의 질감에 기대
입을 연다
바닥으로 물방울이 떨어진다

빛이 나를 사랑하려나
드디어 오늘이려나
이렇게 밝은 빛 아래서도 누가 버려지나

용서는 가장 작은 돌

용서는 가장 작은 돌
돌 공장에서 용서를 만든다
큰 돌을 부숴서 작은 돌을 만드나
아니 아니 작은 돌을 모아서 큰 돌을 만드나
아니 아니 작은 돌이 모이면 큰 무덤이다
성곽,
넘을 때 넘어지는 턱,
넘겨다 짚는 미래다

돌 공장 앞 버스정류장에서 나는
신발을 벗어 돌멩이를 털어냈다
길바닥에 두고 버스를 탔다
돌멩이는 죽지 않으니까 괜찮겠지
옆에 있는 다른 돌멩이랑 구별되지 않으니까
상관없겠지 결국
큰 돌 무게에 가깝게 돌멩이들
있는 거라고
오래오래 살아 있는 조용함이라고 그러려고

아무리 높이 던져도
가장 낮은 곳을 찾아 떨어지는 돌처럼
부서지려고
흩어지려고

용서할 수 없지만 좀 쉬려고

낭독에 관한 지시 사항들

* 언제든 시인의 목소리로 낭독을 들을 수 있다면

천 원이기

(반숨과 숨을 구별해 낭독해주세요)

천 원을 가졌다 (반숨) 천 원이 필요했기에 천 원을 가졌다 (반숨) 천 원으로 배를 채울 것도 영혼을 고양시킬 것도 아니다 (반숨) 지성을 갈고닦을 생각도 없다 (반숨) 다만 지금 천 원이라는 실감 (반숨) 누구나 하는 약속 같은 것이 있다 (숨) 나는 천 원을 가진 사람 그리고 사람들이 그것을 이해한다 받아들인다 (숨) 우리는 밤에 싸우는지 밤과 싸우는지 천 원을 가지는지 천 원으로 할 수 없는 그 모든 것을 가지는지 (숨) 생각한다 (반숨) 생각해야 한다 우리는 생각을 해야 한다 (반숨) 사랑하든지 (숨)

천 원을 가지든지 (숨)

천 원을 써 버리든지 (반숨)

천 원을 백 원 오백 원 십 원 오십 원 일 원으로 바꾸어 주머니를 무겁게 해도 가라앉지는 않는다 시끄러운 사람이 될 뿐이다 움직일 때마다 음악을 가진 사람을 대가라고 한다 움직일 때 전혀 소리가 나지 않기 때문이란다 방울을 매달고 구름다리를 건널 때 대가의 제자들은 아무것도 듣지 못했다 (반숨) 음악이 없어도 음악을 하는 사람을 대가라고 한다 (반숨) 천 원은 여러 손을 거쳐 내게로 왔다 버스도 지하철도 탈 수 없다 (숨) 천 원을 가졌다는 기쁨 외에 아무것도 주지 않고 취하게도 하지 않는다 맨정신으로 천 원 다음의 생활을 꿈꾸게 하지 않는 멋짐이 (반숨) 있다 누군가에게 빼앗길 수 있고 비웃음을 살 수도 (반숨) 있다 (반숨) 노래를

부르면서 손바닥 위에 올려놓을 수도 (반숨) 있다 내 노래에
내가 천 원을 내고

천 원의 무게를 즐긴다 (반숨) 꽃은 여름 낮에 핀다 그런
(반숨) 기쁨에 걸린다

관광버스 멈추기

(반숨과 숨을 구별해 낭독해주세요)

한국에서 집주인으로부터 여러 번 전화가 걸려왔다 (반숨) 개수대에서 맥주잔을 씻거나 바닥에 앉아 양파를 까는 중이었나 (반숨) 핸드폰은 로커에 있었고 퇴근쯤 한국도 깊은 밤이거나 이른 새벽이었을 것이다 (숨) 학생 동파되지 않게 물 좀 틀어놔요 (숨) 라고 문자가 와 있었다 등단 전에 나는 빈집에 들어가 물을 틀어놓고 나왔다

빛이 오는 거리에 밤은 어둡다 (깊은 숨)
빛이 오는 거리가 (숨) 평생에 걸치기에 (숨) 장부 역시 (숨) 어둡다 (반숨)

도쿄는 맑네로 시작하는 시를 번역하다 (반숨) fresh를 날것으로 할지 생것으로 할지 마르지 않은 것으로 할지 고민에 빠졌다 평생에 걸쳐 외국인으로 알고 모른 채 살면서 다른 말을 한다

물기 (반숨) 어린 (반숨) 사쿠라 (반숨) 이파리가 (반숨) 만든 (반숨) 그늘 (반숨) 아래로 (반숨) 걸어간다 (반숨)
물빛 (반숨) 어린 (반숨) 사쿠라 (반숨) 그늘 (반숨)
가느다란 나뭇가지가 빽빽하고 (반숨) 사이사이 (반숨) 연한 녹색 잎이 많은 (반숨)
꼭 (반숨) 이파리라고 써야 할 것 같은 (반숨)

알 수 없는 기물이 많다 (반숨)
달빛으로 빚은 만쥬라든가
조용히 흘러가는 개천 (숨)
개천의 물 (숨)
물속의 잉어 (숨)
벤치 근처에 놓인 (숨) 지장보살들

두 명

(몸을 실제로 움직이며 낭독해주세요)

가겠냐 하셔서 옷을 두고 (일어서세요)
투명해지기로 한다 (벗어놓은 옷을 그대로 두고요)

투명해지기는 생각보다 큰 열량을 소모시킨다. 어깨를 아래로 내리며 대흉근을 최대로 늘린다. 다음 광배근을 위로 올리고 천장골이 뒤로 빠지지 않게 주의한다. 뒤꿈치가 아니라 발가락부터 바닥에 디딘다. (대흉근을 내리며 광배근을 올리기는 투명하지 않은 몸으로는 가능한 자세가 아니지만, 해낸다면 투명해질 거예요 천장골을 앞으로 미는 것도 잊지 마세요 되었다면 앞으로 걸어보세요 발가락부터요)

두 발이 먼저 사라지고
돌아서면 모를 얼굴이다 소매를 꽉 움켜쥐고 정말 가겠냐 하신다 (이때 뒤돌아보지 않도록 유의하세요)
떠나고 나면 내 피부도 혼자 일어나 집으로 돌아오면 좋겠는데 미안하고 죄스럽다 하지만 나는 자두나무가 복숭아나무를 대신한다 그런 배움을 떠올리며
방향을 튼다 맞다, 말은 한마디도 해서는 안 된다 (절대로 말을 해서는 안 됩니다)
단호하게 온몸을 오그라뜨리고 불 꺼진 쪽으로 걷는다 (당신은 옷을 입고 있지 않으므로 춥겠지요)
편의점 유리문이 벌컥 열린다면 피하지 못한다면 모두가 놀랄 것이다

사람을 놀래키지 말자 발끝을 밀듯이 걷는다 조금만 더 가면 아침, 어서 가서 눕자 눕게 해드리자 (지금 발가락부터 디디고 계시지요?)

머리카락이 닿아 목은 좀 따뜻했다 간밤 잠시 진눈깨비 내려 이틀 내내 어리던 눈사람이 좀 더 늙고 더러워진 스웨터와 슬리퍼가 빌라 앞 시멘트 바닥까지 내려 붙었다 진눈깨비 내릴 때였겠지 뭐 사람의 몸은 70퍼센트가 물이거든 그런 소릴 들으며 술과 물을 엎질렀다 충분히 잃어버리자 그래 (추우시지요 조금만 더 참으세요)

이제 들어갈까 골목 끝이 보이는 거기 좀 멈춘다 내 허물이 멱살 잡혀 질질 끌려오고 있을지도 모른다 조금만 더 지켜봐드리자 멈추시게 하자 눈사람의 몸은 70퍼센트가 찬 공기, 찬 숨 (이제 뒤를 돌아봐도 됩니다)

볕 드는 곳을 따라 보일러 연기를 피해 조금씩 발을 옮겼다 그러다 부딪혔다 (실수로 비명을 지르지 않도록 조심하세요)

누군가 옆에 서 있다

처음이었다면 무척 놀랐을 것이다 나처럼 투명해진 사람이 난간 아래 가만히 서서 시간을 보내고 있다 두 명 다 불투명해지지 않도록 발끝에 힘을

배꼽을 위로 끌어당기듯이 더 힘을 만들고

사람이 많이 다니는 시간이 오기를 기다린다 주말이고 혹한이지

눈사람이 곱게 나이를 먹어가고 (아직 힘을 풀지 마세요)

두 명의

70퍼센트가 우리 바깥에서 고요하게

다들 잠든 것 같았다 잠들게 해드렸다

(괜찮아요 이제 괜찮아요 힘을 풀고 집에 들어가세요)

내 친구의 손가락

(친구와 나의 시선에 유의하여 낭독해주세요)

사람 눈을 못 보겠어, 그런 말을 하기에

눈썹을 보거나 귓불을 보거나 뺨 언저리를 보면 돼, 말해주었더니

내 친구는 사람의 눈을 보고 싶다고 말했다.

(친구의 시선을 따라가주세요)

내 친구는 자주 자신의 손가락을 본다.

그리고 사람들의 손가락을 본다.

(나의 시선을 따라가주세요)

나는 일부러 친구의 손가락을 보지 않는데

친구의 뭘 보고 있는지 헷갈린다.

내 친구의 손가락은 여섯 개.

처음 안드로이드 생산 법령은 손톱과 지문 제작을 금지하는 것이었다.

그러나 장갑을 끼는 안드로이드가 늘어나, 손가락을 여섯 개로 만드는 법령이 수정 제출되었다.

그리고 지금은 무엇이든 눈에 보이는 신체 기관 하나를 더 추가하면 된다는 식으로 법령이 재차 수정되었다.

그러나 눈이나 입술, 손, 발을 추가하는 것은 비용이 많이 들기 때문에 대부분 손가락을 추가하는 방안을 선택했다. 신발을 신으면 발이 가려지기 때문에 발가락을 추가하는 것은 위법으로 간주되었다.

친구는 그렇게 말하고 웃었다. 수술을 하고 싶지 않다고 했다.

(친구는 어디를, 나는 또 어디를 보고 있나요? 둘의 시선이 만나는 곳을 함께 보세요)

핏기

(핀 조명이 비추는 가운데, 웅크린 채 시작. 실제 대야나 빨래 등등의 소품을 준비해도 되지만, 되도록 마임으로 표현하기를 추천함)

(엎드린 채로 시작, 점점 커지는 목소리)

피 묻은 옷을 어떻게든 빨아서 다시 입겠다고
거의 엎드린 자세로 물속에 손을 담근다
과연 물보다 진하다
(일어서서 춤추듯이) 흙처럼 돌처럼 대야바닥에 가라앉는다
기울이면 물을 놓아주고
연기처럼 하수구로 떠나간다
(무대의 면적을 충분히 활용해 춤추듯이 움직일 것)
섞이지 않고
여행하겠지 반복되지 않는 꿈
기록되지 않고 죽기 위해
이름을 바꾸고 얼굴을 바꾸고……
(무대 가운데로, 관객을 두루 바라보며)
바꾸다니
그저
움직이느라 움직이지 않는 게 무엇인지도 잊어버리겠지
(다시 춤추듯이, 자유롭게)
그러나 몸의 무게를 다 싣고 두 손을 비벼도
피가 좀처럼 빠지지 않는다
(무대 구석에서부터 천천히 걸어나오며)
눈발 무섭던 날 용산역
남자가 여자를 끌어안고 있는데 여자는 두 팔을 내리고 서 있다

손등이 찬물에 터진 듯 불그죽죽했다

여자가 택시에 남자를 밀어넣고 횡단보도를 건너갔다

머물다 떠난 곳을 버렸다고 표현하지 않는다

(잠시 멈췄다가 다시 춤추듯이 무대를 돌아다닐 것, 다소 길게)

누가 보더라도 상관없는 시체는 없다

피가 덜 묻은 옷을 입고 잔다

(무대 중앙 혹은 무대 구석에서 몸을 웅크린다, 암전)

꽃과 나무, 할머니의 노래

(무심하게) 너 시를 쓴다며?
(심술궂게) 동양의 검은 머리 여자 시인
채식 하고 태양을 향해 아침에는 절도 하고

(최대한 무심하게) 응 나도 시를 써 그런데 너도 알다시피
홍합 까고 홍합 살 모으고 홍합 까고 홍합 살 모으고
요즘은 안 썼어 시즌 끝나면 다른 일을 찾아볼 계획이야

(한심하다는 듯이)
꽃과 나무
할머니가 불러주는 따뜻한 자장가
그런 것을 좀 써봐,
(한심함을 인정하듯이)
그러려고 했지 그럴 수 있을 줄 알았지

(옛날이야기를 하듯이, 남의 일을 이야기하듯이)
손발이 무거워지는데 한밤중에 부르는 소리가 있었다
가끔 세탁실에서 마주치는 베트남 여자애가 문을 조심히
두드렸다

「좀 봐줘, 누가 있어.」

내가 옆 방 문을 열자 공용 베란다에서 그림자 하나가 1층으로 뛰어내렸다
이 나라는 여름이고 에어컨은 고장 났고 누군가 창문을 완전히 잠그지 않았을지도 모른다

목소리가 들려온다는 말을 함부로 하지 마
여자애들은 신을 만났다고 말해야 쫓겨나지 않았다
신이라고 말하고 믿어야만 했다

집주인의 골프채를 집어 들고 천천히 계단을 내려갔을 때
그림자가 현관으로 태연히 들어오고 있었다

「너희들이 그걸 휘두르면 너희는 경찰에 가야 해 갈 수밖에 없어 가게 될 거야」
(should 관련 번역은 늘 헷갈린다는 듯이) 나는 그림자의 말투를 번역하면서 굳어갔다

키가 컸나 작았나 목소리가 굵었나 가늘었나 코케시안 메일 맞나
진술을 해야 하는데 그림자가 망가진 현관 센서등과 꽃과 나무 사이로 사라졌다

(무심하게) 할머니가 말했지 저기 묻힌 것 좀 봐라
무슨 말을 할 수 있겠니

(자랑스럽게) 봐라, 나도 썼다 꽃과 나무 할머니의 노래
영어로 처음 쓴 시였다 나는 신을 만났어
'시'라는 자리에 무엇을 넣어도 다 말이 되었다

인조 노동자

(반숨과 숨을 구별해 낭독해주세요)

너는 가족과 나와 함께 이 크고 낡은 집에 이사 왔다 방이 너무 커서 각자 모서리를 차지하고 자도 닿지 않을 턱없는 집 (반숨)

나는 너를 가족에게 인사시킨 적도 지나가는 말로 꺼낸 적도 없다

있나 (반숨)

퇴소식에 들러 인사를 잠깐 했던 적 (숨)

있나 없나 (반숨)

하지만 우리는 같이 식사를 한 적도 없고 (반숨)

서로 죽은 날에 문상을 간 적도 없다 (반숨)

우리는 묵묵히 엎드려 걸레질을 했나 (반숨)

나만 안 했나 (숨)

걸레질을 마치고 초코파이를 목이 메도록 먹었다

세입자가 두고 간 앨범을 어떻게 처리할까 함께 고민했다

세상에 없는 너와

내 꿈에 있는 너와 (반숨)

내 꿈꾸는 드넓은 집에서

너의 역할을 계속 만들었다 (반숨)

방문객 (반숨)

축하객 (반숨)

내객

계속 앉아 있어선 안 되는 것

객식구 (반숨)

이전에 살던 구(區)의 쓰레기봉투를 전부 초코파이로 환불받았다

초코파이를 남기면 개미와 쥐가 끓을 거다

식구가 늘면 좋아할 일인가 (반숨)

밖에 내놓으려면 어떻게 해야 하는가

좋은 말 좋은 꿈

(창경궁 담 벽 길 맞은편 서울대학교 병원을 둘러 늘어서 있는 길을 걸은 후 혼자만 들리도록 속삭이며 낭독해보세요)

둘이라도 무섭게 보름에서 딱 하루 모자란 달이 환하고 빛 들이치는 밤
네가 꿀 수 없는 꿈이 내 세계를 넓힌다 연인이 갈라지듯 길이 확
넓어지는 거지, 꿈은 코앞에서 길을 잃고 나를 잃고 그것을
감춘다
금방 퇴원하겠다,

좋은 말이 가난하다

한낮의 빛과 새벽 빛, 한밤의 어둠과 새벽 어둠, 보름의 달빛과 보름 딱 하루 전 달빛
한 사람처럼 걷다가 헤매고 눈앞의 버스를 보내고 다음 버스를 보내고 보낸다
나 이제 안 와,

좋은 말이 좋다 가차 없다

바람이 확 불어 머리 위로 은행이 떨어지기 시작했다
좋은 말을 경쟁하며 머리를 두 손으로 가리고 웃기 시작했다

버스 안으로 냄새가 따라오는 것을 막을 수 없었다

너는 나를 슬프게 하는 한 기쁨
꿈에서 사람이 죽으면 죽은 채로 함께 다니면 그 만들던 냄새는 어디로 가나

그래, 좋아지면 밖에서 보자
왜 꿈처럼 좋은 말을 듣나

지수

(차분하게) 옆집 사람들이 새를 기르는 것 같다 이사 온 날 못 보았으니까 나는 영원히 옆집 사는 새를 보지 못할 것이다 (다정하게) 지수야 엄마 왔어 (불현듯, 놀라듯이) 지수 맞니 (다시 차분하게) 나는 옆집 새가 이 밤에 잠잠히 삐―이 소리 내는 걸 전해 듣는다 (나지막하게 멀리서 들리는 말을 따라하듯이, 떠올리듯이) 지수야 다녀올게 창문 좀 열어 중국집 배달 그릇이 문밖 가득 반짝이고 나는 본 적도 없는 옆집의 새에게 소중함을 느끼고 새에게 허락된 중력을 생각하고 횃대를 흔들어볼 생각, 새장에 넣은 손가락 끝이 살짝 부리에 긁혀 나른하다는 생각 끝에 문을 열고 들어서며 (반갑다는 듯이) 지수야 너 지수지 지수야 부르면서 그게 딸의 이름인지 아들의 이름인지 새의 이름인지 알 것 같으면서 모르면서 자꾸 (최대한 다정하게) 지수야 하고 불릴 때 지수가 새장에 덮인 천 가운데서 새답게 얕게 자다가 문득 (꿈꾸듯이 아련하게) 옆집에서 기르는 나를 생각하면 좋겠다 지수와 나 사이에 날이 밝도록 한다 옆집의 지수와 옆집의 나. 그 작은 방에서 어떻게 지수들끼리 삐―이 소리만 들리게 사랑하고 먹고 자는지 (조심스럽게) 지수들을 놀라게 하지 않느라고 신발을 신고도 얼마나 기다리고 귀 기울이고 망설이는지

(차분하게) 나의 간절한 소원은 우연히 옆집 지수를 보는 것

그게 지수라는 것도 모르고 본 다음에

(안도하듯이) 아주 아주 나중에 지수였구나 지수 맞았구나
나는

지수구나 하는 것

피고용인 잭이 마침표로 읽을 문장은……

(이 시만큼은 소리 내어, 반드시 소리 내어 끝까지 낭독해주세요)

「벌이 내릴 것을 기다리는 벌을 받고 있다.」

눈을 펴다 설거지를 한다. 벌이 내릴 것을 기다리는 벌을 받고 있다. 밥알인가…… 벌이 내릴 것을 기다리는 벌을 받고 있다. 아니, 이빨이다. 벌이 내릴 것을 기다리는 벌을 받고 있다. 빨간 손을 하고 수채 구멍에서 이빨을 치우다 치우다 거인을 기다린다. 벌이 내릴 것을 기다리는 벌을 받고 있다. 내객이 여럿 다녀갔나 보다. 벌이 내릴 것을 기다리는 벌을 받고 있다. 내가 보아야 할 내객만 나는 볼 수 있다. 벌이 내릴 것을 기다리는 벌을 받고 있다. 이를테면 내객이 두고 간 이빨이나 머리카락, 신발 같은 거……. 벌이 내릴 것을 기다리는 벌을 받고 있다. 그러나 거인은 청소에는 흥미가 없다는 듯 냉장고에서 물병을 꺼내 벌컥벌컥 마신다. 벌이 내릴 것을 기다리는 벌을 받고 있다.

「자국을 남겨도 눈이 덮는다.」

서가에 들어갈 땐 반드시 허리에 밧줄을 매고 들어간다. 자국을 남겨도 눈이 덮는다. 눈이 내려도 젖지 않는 책들. 자국을 남겨도 눈이 덮는다. 눈 속에 누가 죽어 있으면…… 자국을 남겨도 눈이 덮는다. 혹시나 싶어 내 몸을 도로 만져본다. 자국을 남겨도 눈이 덮는다. 최대한 쌓인 눈은 건드

리지 않는다. 자국을 남겨도 눈이 덮는다. 집 떠나와 숙식 제공 종신 계약서에 서명했다. 자국을 남겨도 눈이 덮는다. 나는 밧줄과 안경과 담요와 거대한 냉장고와 눈이 내리는 높은 천장과 셀 수 없는 책과 내리는 눈, 나만 밟는 눈길과 거인의 귓가 자리를 받았다. 자국을 남겨도 눈이 덮는다. 손발이 얼기 전에 책을 골라 나와야 한다. 자국을 남겨도 눈이 덮는다. 거인에게는 손톱에도 잡히지 않게 작은 책들이라 내가 먼저 읽고, 거인의 귓가에 앉아 거인의 귀가 다 녹도록 소리 내어 읽어야 한다. 자국을 남겨도 눈이 덮는다.

「하지만 나는 살아 있다.」

집 없는 아이들은 어디서나 잘…… 자야 한다. 하지만 나는 살아 있다. 그래야 큰다. 하지만 나는 살아 있다. 거인은 내 목소리가 작다고. 하지만 나는 살아 있다. 더 크게, 더 세게 읽으라고 한다. 하지만 나는 살아 있다. 나는 여기 오기 전에 다…… 컸다. 하지만 나는 살아 있다. 아무리 오래 자고 아무리 많이 먹어도 거인만큼 자랄 수 없다. 하지만 나는 살아 있다. 아무려면 거인도 알겠지. 하지만 나는 살아 있다. 그러나 거인은 내객이 가고 아무도 없을 때마다 잘 자고 잘 먹으라고 한다. 하지만 나는 살아 있다. 눈이 멀거나 이빨이 다 빠질 때까지 자신을 위해 책을 읽어야 한다고 했다. 하지만 나는 살아 있다.

「길을 잃고 헤매는 이들을 미워하지 않게 도와주세요.」

오늘은 마침표 대신 이 문장을 백 번…… 넘게 읽었다.

길을 잃고 헤매는 이들을 미워하지 않게 도와주세요. 마침표를「마침표」라고 읽었더니 거인이 거슬린다고 말해서 궁리해낸 방법이다. 길을 잃고 헤매는 이들을 미워하지 않게 도와주세요. 눈으로 만든 거인은 차갑고 아름답고 내가 읽은 문장에 쉽게 상처받는다. 길을 잃고 헤매는 이들을 미워하지 않게 도와주세요. 내가 읽은 책에 너무 많이 녹아내리면 거인은 내객을 맞이한다. 길을 잃고 헤매는 이들을 미워하지 않게 도와주세요. 내객이 다녀간 다음 날 거인은 늦잠을 자고 나는 눈 속에 두 손을 박았다 꺼낸다. 길을 잃고 헤매는 이들을 미워하지 않게 도와주세요. 손에 묻은 것을 턴다. 길을 잃고 헤매는 이들을 미워하지 않게 도와주세요. 지상으로 사람의 것이…… 내린다. 길을 잃고 헤매는 이들을 미워하지 않게 도와주세요. 펄펄 내린다. 길을 잃고 헤매는 이들을 미워하지 않게 도와주세요.

해설

심약자 주의

마음이 약한 사람에게는 정말 스미기에 좋지

어느 귀신 이야기

잠이 오지 않는구나. 이야기가 필요한 밤이구나. 마침 적당한 이야기가 있어. 옛날 옛날에 어떤 귀신이 살았대. 어떻게 죽어 귀신이 됐느냐고? 글쎄, 그런 건 잘 모르겠어. 꼭 죽어야만 귀신이 될 수 있는 건 아니니까. "복숭아 귀신 곶감 귀신"처럼 "한 집에 둘이면 곤란"(「귀신 하기」)*한 존재들은 어디에나 있잖니. 하지만 혼자라고 꼭 하나만 하는 것도 아니어서 그 귀신이 좋아하는 건, 그러니까 귀신 '하는' 건 한두 가지가 아니었대. 복숭아, 초콜릿, 술**…… 내가 알기로는 빵 귀신이기도 하다지. 그런데 사실 그 귀신이 가장 좋아하는 건 따로 있었어. 그게 뭐냐면…… *이쯤 말했을 때, 나는 당신의 곁을, 어깨 부근이나 그 너머를 지그시 바라볼 것이다.* 그런데 말야, 이런 말 혹시 들어봤을까? 귀신은 자기 얘기하는 사람을 좋아한대. 귀신 이야기를 하면, 꼭 귀신이 찾아온대. 바로 이 시들처럼.

마음에 스미기

괴담(시)집 이야기는 아니니 오해 마시라. 이 시집에는 사람만큼 귀신이 등장하지만 썩 무섭지는 않다. 무엇보다 김복희의

* 김복희, 『희망은 사랑을 한다』, 문학동네, 2020.

** 김복희, 「시인의 말」, 『내가 사랑하는 나의 새 인간』, 민음사, 2018.

시에서 귀신의 등장이 처음이 아니라는 점에서 반갑기까지 하다. 너, 아직 저승에 가지 못했구나. 좋아하는 것들이 이승에 너무 많아 아직도 귀신으로 살고 있구나. 이런 마음으로 반기기까지 되는 것이다. "많이 좋아하면 귀신이 돼"(「귀신 하기」). 김복희의 두 번째 시집 『희망은 사랑을 한다』의 문을 여는 첫 문장을 기억하는 이들이라면 아마 같은 마음이리라. 좋아하면서도 귀신은 되지 않으려 노력했지만, 결국에는 귀신이 되고야 말았다는 이야기가 일종의 말장난이듯 김복희의 귀신들은 기본적으로 장난기가 많다. 정말 아이 생각이 없냐는 물음에 곤란하다는 얼굴로 "나 아이 있어" "내 아이는 내 옷이고 내 신발이고, 내가 싼 똥이야"(「아이 생각」)라고 말하고 싶은 걸 꾹 참고, "죽고 싶은 마음"에게 칼자루를 쥐어주고 그것이 뽑힐 때에 "칼 손잡이를 없애버리는"(「죽고 싶은 마음과 친해지기」) 상상을 하며 킬킬대니 말이다. 장난치기를 아주 좋아하는 이들이지만 앞서 귀띔하였듯 가장 좋아하는 건 따로 있다. 그건 바로, 다른 무엇도 아닌 '인간'이다.

고양이도, 토끼도, 새도 아닌 인간이라니, 왜일까. "기껏 / 인간을 너무 좋아하는 것이 가엾다"(「귀신 하기」)고 여겨질 만큼이라면 얼마나 좋아해야 하는 걸까? 까닭을 알기 위해서는 귀신들의 행동을 살펴야 할 필요가 있다. 인간을 좋아하는 이들이 가장 즐기는 건 「체리 사러 다녀왔지」 「거울」과 같은 시에서 나타나듯 사람을 구경하는 것이다. 이 중에서 특히 「거울」은 사람과 사람을 따라다니는 (귀)신을 비추는 '거울'을 화자로 내세우고 있기에 주목할 만하다.

> 나는 마음이 궁금하여 마음에 대해 이런저런 물음을 가지고 있지만 마음에 대해서 이해하는 것은 금기 중의 금기. 내가 깨질 수도 있다 추측건대 마음은 사고와 다르지 않고 기호와 유사한 경우도 있고 변덕에 대한 핑곗거리에 지나지 않는 경우도 있다 어떻게 보다 보니 모르는 것만 늘어 보이는 것을 본다 귀퉁이부터 조금씩 마음을 반사한다

사람을 구경하고 있으면 여러 번 태어나는 것 같다 그러나 사람은 단 한 번만 사람으로 태어난다 신의 자비다 신은 조금 미쳐 있지만 그래서 사람처럼 보일 때도 있지만
나는 정신을 차린다
그들이 가까이
멀리
걸어 빛 속으로 사라진다 신이 그들을 따라다닌다
미치지 않고서야 사람을 저렇게 따라다닐 리 없다 나는
그 마음이 궁금하여 신을 대놓고 본다

—「거울」 부분

사람이 자신의 모습을 살피기 위해 거울 앞에 설 때, 거울은 단지 그들을 비추는 역할만을 하지 않는다. 거울의 입장에서는 사람들을 "대놓고" 구경할 뿐이다. 이때 '나'(거울)의 관심이 향하는 곳은 사람의 외형이 아니다. 거울의 시선은 그 너머, 보이지 않는 마음에 있다. 그 마음이 궁금해 "이런저런 물음"을 품어보지만, 물음을 갖는 까닭이 인간의 마음을 온전히 이해하고 싶기 때문만은 아닐 것이다. "마음에 대해서 이해하는 것은" "내가 깨질 수도 있"어 "금기"와 같았으므로, 어쩔 땐 "사고"나 "기호" 같고, 또 "핑곗거리"처럼 느껴지기도 하는, 영 '모르는' 마음들을 그대로, 보이는 바와 같이 "반사"할 뿐이다. 투명하게 비출 수 없어 그저 마음을 '반사'하는 거울의 자세는 그간 인간을 부지런히 학습해온 김복희의 화자들을 떠올리게 한다. 시인은 꽤 오랜 시간 꾸준히 인간에 대해, 범위를 좁혀서는 인간의 마음에 대한 탐구에 열중해왔다. 지난 시집에서는 한 부가 '서성이며 일렁이며 만지는 마음'이라는 제목으로 이루어져 있을 정도로 마음에 깊이 천착해 있음을 알 수 있다. 거울이 마음을 이해할 수 없어 그저 반사하듯 김복희에게도 마음은 곧장 이해에 닿지 않고 학습해서 체화할 수밖에 없는 것이다. 마음은 불변하지 않고, 입체적이고 다변적이기에 종잡을 수가 없기에 어쩌면

당연한 일이다. 하물며 귀신은 어떨까. 인간의 몸으로 생각하고, 인간의 언어로 말하고 있음에도 전부 이해할 수가 없는 것이 마음인데, 그것이 궁금해 따라다니는 귀신이라면. 이 시의 후반부가 그러하듯 인간의 마음을 말하는 시에 (귀)신의 등장은 마음을 조금은 다른 방향으로, 낯설게 감각할 수 있는 길이 된다. 가령 그들은 인간을 너무나 좋아해서 "먹는 시늉 자는 시늉 걷는 시늉"으로 인간을 흉내 내기도 하지만, 그러는 와중에 이유를 알 수 없이 "목이 잠겨"(「인간 놀이」) 오는 걸 느끼곤 한다. 인간의 행동이라면 뭐든지 따라할 수 있지만, 마음만큼은 무엇으로도 흉내 낼 수 없기 때문이 아닐까. 이처럼 인간과 비슷하지만 다르고, 마음이라고는 좋아하는 것뿐인 순정한 귀신들로 인해 인간을 인간답게 만드는 건 결국 마음뿐이라는 것을 다시금 실감하게 된다.

누군가 자신의 마음을 들여다보려는 기척을 눈치채지 못한 채 마음의 일에만 열중하는 것이 대부분일 테지만, 김복희는 자신을 따라다니는 존재를 누구보다 빨리 알아차린 것 같다. 흥미로운 점은 먼저 그들에게 말을 걸거나("있잖아 / 내가 / 너 있는 곳으로 가면 / 볼 수 있어?", 「귀신같이 알기」) 귀신이 함부로 접근할 수 없도록 하는 미신적인 상징들, 예컨대 줄, 금, 선 등을 열어 ("이제부터 여기로 들어오라고 / 들어오고 싶다면 들어오라고", 「귀곡」) 결계 혹은 경계를 해제한다는 것이다. 지극히도 인간적인 호의에 귀신들은 기뻐하며 금세 곁으로 온다. 가까이에 붙어 마음을 살피고, 마침내 그곳에 닿는다. 어떻게? 바로 이런 방식으로.

나 혼자서는 어디도 갈 수 없구나
산 사람을 빌려야겠구나
아무래도 몸보다는 마음이 편하지
스미기에 좋지

가끔 사람들이 묘한 꿈을 꾼다면
그건
마음이 씐 것
마음이 그 사람 모르게 유랑한 것

내가 잘 타고 돌아다닌 다음 놓아준 것

그런데
귀신도 꿈을 다 꾸나

네 꿈이 정말 춥구나
귀신에게 가혹한 온도다

네 마음을 타고 너무 멀리 나왔었나 보다
네 마음을 놓아주었다고 생각했는데
네 마음이 이제 너를 어색해한다

—「씌기」 전문

거울이 인간의 마음에 대한 이해를 멈추고 곧장 반사를 했었다면, 귀신도 시작은 크게 다르지 않다. 이해할 수 없으니 그냥 씔 수밖에. 어떤 귀신들은 처음부터 마음이란 것에 관심을 갖게 되었던 게 아니었을지도 모르겠다. 이 시의 화자처럼 "혼자서는 어디도 갈 수 없"으니까 "스미기에 좋"다는 이유로 마음을 빌려 씐 것이 시작일 수 있다. 그런데 귀신같이 요상한 일은 시의 후반부에 발생한다. "그런데 귀신도 꿈을 다 꾸나"라는 중얼거림처럼 빌려 씐 인간의 꿈을 꾸게 된 것이다. 일어날 수 없는 일이 일어났다는 점, 그리고 씐 마음의 온도가 아주 낮음을 감각했다는 점에서 마음이 씌는 행위는 일방적인 것이 아닌, 점차 스며드는 것으로 변모한다. 이러한 변화는 두 존재를 긴밀하게 연결시켜 귀신이 인간의 마음을 놓아주었다고 생각했을 때에도,

"네 마음이 이제 너를 어색해"하는 지경에 이르게 되는, 완전한 스밈을 경험하게 한다. 기묘한 마음의 연결을 통해 김복희의 귀신들은 이제 자유로운 유랑을 넘어 마음의 탐험을 시작한다. 「자유로운 마음」「차가운 마음」 등의 여러 마음들에 스미고, 느낀다. 천 개의 간을 먹으면 인간이 될 수 있다는 구미호처럼 귀신들도 마음을 먹으면 그 마음들을 모두 이해할 수 있게 될까? 그것을 이해라는 언어에 전부 담기에는 부족할 것 같다. 스밈은 그들에게 있어 이해의 또 다른 말이지만, 이해보다는 더 능동적인 몸의 언어이기 때문이다.

없는 건 알 수 없는데 알 수 없으면 없어?

"네 마음이 이제 너를 어색해한다"(「씌기」)는 말을 곱씹으며 스며듦으로 경계가 불분명해진 인간과 귀신을 생각한다. 오로지 인간만이 아닌 복합적인 존재는 김복희의 첫 시집에서부터 등장했기에 낯설지 않다. 기계 인간과 나무 인형, 그리고 동묘에서 데려온 사랑하는 나의 새 인간까지. 이들은 모두 인간이라고만 할 수 없으며 동·식물, 기계 등과 혼합되어 경계의 몸으로 감각해야 하는 존재였다. 이번 시집에서 귀신은 이들과 비슷한 맥락 안에 놓여 있지만 한편으로는 분명한 차이를 갖는다. 예컨대 새 인간 또는 나무 인형은 신체적으로 인간의 특징을 갖는 것이라 할 수 있으나, 귀신은 인간의 몸이 아닌 마음에 스며들어 그와 연결되고 있다는 점이 그렇다. 또한 신체의 이형적인 특징에 따라 어쩔 수 없이 분리되고 경계 지어질 수밖에 없는 한계가 있었다면, 이번 시집에서는 시적 주체 스스로가 그 사이와 경계를 정확하게 감지하고 있는 듯 보인다. 그리고 스스로 경계를 느슨하게 하여 낯선 존재를 환대하고 포용한다는 점에서도 차이를 갖는다. "지붕도 없고 바닥도 없이 / 그런 것을 우리라고 한다지요?"(「형태를 완성하기」) 같은 말처럼 '나'와 낯선 존재의 바깥

으로 경계의 선을 밀어낼 때, 사이를 가로막는 어떠한 경계도 없는 상태가 되어서야 비로소 '우리'를 말할 수 있게 되는 것이다.

이렇듯 김복희는 세 번째 시집에서 인간과 닮아 있는, 또 인간과 관계하는 존재에 대해 눈에 띄는 변화를 보여준 동시에 그간 함께했던 새 인간에게도 자유를 선사한 듯하다. 첫 번째 시집에서 "나의 새 인간이 되어주세요"(「새 인간」)라는 정중한 요청으로부터 관계가 시작되었고, 두 번째 시집에 이르러서는 새 인간과 '나' 사이에 생긴 새 알을 깨뜨림으로써(「새 소식」) 미래의 파국을 예견하기도 했다. 이들의 관계는 정말로 끝나버린 걸까? '나의' 새 인간이 되어달라며 그를 소유하고, 자유로운 몸을 인간이라는 신체 안에 가둔 것 역시 인간의 이기일 수 있음을 알아차린 걸까? 이번 시집에는 새 인간에 대해 직접적으로 언급하는 시가 수록되어 있지 않음에도 '나'의 곁에 있던 것들이 "밖에서 보자"(「밖에서 보자」)는 말을 남기고 떠나거나 "날개가 없는 사람은 감당할 수 없다고. / 그렇지만 마음만은 고맙다고."(「발과 날개」)와 같은 부분의 뉘앙스에서 새 인간과 '나'의 말로를 짐작해볼 수 있다. 후일담이 궁금해지는 가운데 시인은 모든 이야기를 들려주는 대신 우리가 상상할 수 있는 최대치의 멋진 둥지 하나를 선물한다. 새 인간이 아닌, '세상에서 가장 멋진 새'가 사는 둥지를 선사하는 것으로 새 인간과 '나' '우리'의 다음을 이야기한다.

> 즉흥적으로, 어린 친구를 향해 펜을 내밀었다.
> 그러면요. 이걸로 혹시 그 새가 사는 둥지를 그려보면 어때요?
>
> 어린 친구는 조금 망설이다가 펜을 받아들었다. 의자에 앉지도 않고 테이블에 양 팔꿈치를 올린 채, 신중하게 한 선 한 선을 이어 둥지를 그렸다. 나는 어린 친구의 손끝에서 둥지라고 하는 무엇인가가 조금씩 나타나는 걸 보며 말했다.
>
> 둥지를 만들어놓으면 새가 없어도 있는 것 같잖아요. 그쵸. 맞죠.

이번에는 제발 이 어린 친구가 내 의견에 동의해주길 바라며, 서점에 누구라도 와주어서, 내 말에 동의해주며(오늘따라 출근이 늦는 사장님을 애타게 기다리며) 이 어린 친구를 설득해주길 바라며, 말했다.

어린 친구는 펜에서 손을 떼지 않은 채 고개를 끄덕였다. 어른인 내가 말끝을 늘이며 힘없이 말하는 게 웃겨서 조금 봐준 것 같기도 했다.

다 그렸어요. 이거는요. 밤에 안 보이는 둥진데요. 왜냐하면 그 새는요…….

한참 둥지에 대한 설명을 들었다. 새에 대해서 설명할 때보다 더 신나 보여 마음이 놓였다.

이제 가야 돼요. 다음에 또 올게요.

정중한 인사를 받았다.

고마워요. 잘 가요. 또 와요.

어린 친구가 내려가버리자 창밖 로터리에서 경적 소리가 들려왔다.

어떻게 새를 그려줬어야 했을까? 어린 친구가 내게 둥지 그림을 남겨두고 가버렸다. 또 오겠다는 말을 남기고.

세상에서 가장 멋진 새를 볼 수 있을까
얼마나 멀리 갈 수 있는지 물어본 거야
손톱만 한 새 쌀알만 한 새
먼지만 한 새
눈이 멀 정도로 흰 새를 말하는 거야
날개 사이로 머리를 묻고 잠든 거위나 백조,
그런 새들도 흰빛은 흰빛이지만,

그 새들의 깃 사이에 잠든 새
새들의 새

세상에서 가장 멋진 새를 말하는 거야
부리부터 두 눈까지 두 다리까지 꽁지의 마지막 깃까지

순간보다
깨끗한

아주
희미한

—「세상에서 가장 멋진 새」 부분

이 시는 "세상에서 가장 멋진 새"를 그려달라는 어린 손님의 요청에 "이런 새 저런 새"를 그려보다 급기야 아이에게 "새가 사는 둥지"를 그려줄 것을 반대로 요청했다는 것이 주된 내용이다. 아이의 손에서 멋진 둥지가 태어나는 것을 보고, 그 둥지가 밤에는 보이지 않는 것이며 이유에 대한 설명까지 어린 아이의 시선을 가늠해보게끔 하는 귀여운 일화이나 아이가 떠나고 나서도 남은 것이 새가 아닌 둥지라는 사실은 걸음을 멈추고 다시금 생각하게 만든다. 이는 앞서 이야기한 것처럼 대상을 대하는 태도의 변화와 연결된다고 볼 수 있기 때문이다. 가령 둥지만이 있는 그림에서 "세상에서 가장 멋진 새"는 어떤 부리를 가졌는지, 어떤 날개를 가졌는지 알 수 없지만, 보이지 않기 때문에 각자의 가장 멋진 새를 그려볼 수 있다. 이 시의 화자에게 그 새는 "손톱만 한 새 쌀알만 한 새 / 먼지만 한 새 / 눈이 멀 정도로 흰 새"이며 흰빛을 가진 새들 사이에 잠이 든, 깨끗하고 희미한 새일 테지만, 우리 손에 쥐어진 둥지 안에는 저마다의 '가장 멋진 새'가 잠들어 있을 테다. 이렇듯 시인은 가시화되지 않으나 재현하지 않고, 시 안에서 숨 쉬는 모든 것들을 소유하지 않고 가두지 않는 방식으로 세상에서 가장 멋진 새와 함께한다. 어쩌면 새 인간 또한 그렇게 놓아준 것이 아닐까. 곁에 없고, 두 번 다시 볼 수 없을지도 모르지만, 언제라도 돌아와 쉴 수 있는 둥지를

만들어줌으로써 "어린왕자에 나오는 그 상자"와는 또 다른 방식으로 최대치의 가능성을 열어두는 것이다.

마음, 귀신, 새. 이다음에는 무엇이 올까? 아마도 김복희는 계속해서 보이지 않는 것들을 들여다볼 것이다. 내가 아는 시인은, 그의 시는 쉽게 손에 잡히는 것들에는 흥미를 느끼지 못하니까. 골치가 아프더라도 재밌는 것들은 참지 못하니까. 그러다 마주친 것들에 기꺼이 경계를 허물고 자신의 자리를 반쯤 내어줄 것이다. 스미고자 하는 궁금한 마음을 귀신같이 알아차리고, "너를 위해 문을 열어둘게"(「문 열기」) 말하며. 또한 수많은 만남 끝에 마음에 스민 것들에 대해서도 쉽게 입을 열지 않으리라. 모두 이해한다고 말하지 않는 미더운 태도가 있어 우리는 김복희의 시를 계속해서 읽는 것일지도 모르겠다. 나는 그의 시를 종종걸음으로 따라 읽으며 단언하지 않는 사람 앞에서 함부로 단언하고 싶다. 이해를 말하지 않으면서 전부 스미고 싶다. 내게 씐 마음을 모른 척하고 함께 모험하고 싶다. 이 책 너머의 당신도 함께해주길. 시집의 열린 문을 따라 들어온 당신에게도 김복희의 시는 이미 깊게 스며들었을 테니.

소유정(문학평론가)

지은이　김복희

1986년 태어났다. 2015년《한국일보》신춘문예를 통해 작품활동을 시작했다. 시집으로『내가 사랑하는 나의 새 인간』『희망은 사랑을 한다』, 산문집으로『노래하는 복희』가 있다.

스미기에 좋지

2판 1쇄 발행　2022년 12월 15일
2판 2쇄 발행　2024년 9월 25일

지은이　김복희

발행인　박지홍
발행처　봄날의책
등록　제311-2012-000076호(2012년 12월 26일)
주소　서울 종로구 창덕궁4길 4-1, 401호
전화　070-4090-2193
전자우편　springdaysbook@gmail.com

기획·편집　박지홍
디자인　전용완
인쇄·제책　세걸음

ISBN 979-11-86372-99-9 03810

이 책은 서울문화재단 '2019년 창작집 발간 지원사업'의 지원을 받아 발간되었습니다.

표지 그림은 김혜영 작가의 〈하루를 못 지나 뾰족한 마음이 생겼다〉(광목에 채색, 91×233.6cm, 2018)입니다.

KB095846